A tessitura da perda

**A tessitura
da perda**

/

**Cristianne
Lameirinha**

O fim e o princípio/**9**

Primeiro dia/**21**

Segundo dia/**37**

Terceiro dia/**69**

Quarto dia/**89**

Quinto dia/**117**

Sexto dia/**159**

Sétimo dia /**183**

Para Virgínia, o princípio de tudo
Para minha mãe e minha avó
Para Isabella, Laura e Flávio, com amor

O fim e o princípio

Os anos de angústia chegaram ao fim. Teresa morreu. Há uma década, a doença começou a domar o cérebro de minha mãe, evidenciando os sintomas à espreita. Pequenos esquecimentos: nomes de pessoas, aniversários, compromissos. Os caminhos se tornaram mais opacos do que sempre foram. Depois, a confusão mental, a repetição incessante de perguntas e comentários, a dificuldade de realizar as tarefas cotidianas. Um pouco mais e a perda de referências se fez completa. A noção de tempo, do dia da semana ao mês, se estávamos na Páscoa ou no Natal, qualquer que fosse a estação. Não era possível que já tivesse aquela idade! Quem era quem? O que eram e para que serviam os objetos da casa? O fogão, por exemplo? E a caixa-preta em que as pessoas falam sem que ela possa entender? Facas, tesouras, remédios precisaram ser escondidos ou estar fora do alcance de suas mãos. Sem contar as tantas vezes em que se perderam as chaves da casa ou os documentos pessoais. Por que não podia tomar banho quando quisesse, já que não se lembrava da água escorrendo sobre o corpo? Por que, aliás, tinha de tomar banho? Para que serviam calcinha, sutiã, escova de dentes? O avesso e o direito das roupas se espelhavam, assim como a vida. As pomadas tinham a mesma serventia: combater picada de inseto ou proteger a pele fina, típica da velhice, dos arranhões incapazes de ferir os mais jovens. Como distinguir o hidratante de textura branca do xampu de cabelo perfumado? Tudo tão igual. E a fome insaciável que sentia, sem ninguém para lhe dar comida, não importando se tivesse acabado de almoçar, jantar ou tomar café? Sobretudo, por que tinha de obedecer àquela mulher que tentava mandar nela o dia inteiro? A casa, afinal, era de quem?

Como as mulheres que a antecederam, ela batalhou muito por tudo aquilo, a vida de classe média que Cecília e Virgínia nunca alcançariam. Portanto, não dava a ninguém o direito de lhe dar ordens ou se apossar do que lhe cabia. Nada ali existia sem a sua concordância ou permissão até a escuridão galgar terreno e se alojar em sua mente. A extensão de sua nitidez se revelou na tarde em que cheguei a sua casa e ouvi:

"O que você quer aqui?"

"Vim te ver, mãe. Trouxe o bolo de laranja que você gosta."

Ela arregalou os olhos sobre a calda cremosa, dourada de açúcar, e perguntou:

"Quem disse que eu gosto desse bolo? Eu não falo com estranhos e não vou comer bolo de quem não conheço!"

"Mãe, sou eu, Beatriz! Eu sei o que você gosta de comer. Por isso, trouxe seu bolo preferido."

"Eu não tenho marido, nem filho, nem filha. Tem essa mulher que fica me vigiando o tempo todo. Eu disfarço para ela não desconfiar que eu sei muito bem o que ela pretende."

"Mãe, essa é a Lúcia. Ela me ajuda a cuidar de você. Eu sou a Beatriz, sua filha, lembra?"

Como um lapso, eu ainda incorria no uso desse verbo, mesmo com todas as recomendações médicas, orientações de psicólogos e especialistas que diziam que o verbo lembrar deve ser esquecido diante de pacientes com demência. Ele gera ansiedade e sofrimento no doente, que pode demonstrar tristeza ou se tornar agressivo ao atinar que deveria saber algo que já não sabe e não voltará a saber.

Mamãe nunca mais pronunciou meu nome. Desalento igual só o que tive na juventude. Fratura na alma. Não houve rompimento ou traição capazes de dilacerar meu peito tanto quanto o instante em que ela, no adiantado do mal que a corrompia, esqueceu-se de vez da minha existência. Não consegui disfarçar as lágrimas. Virei o rosto para ela não notar. Eu sabia. Aquela hora chegaria. Por pouco, o bolo de laranja não se esfacelou no chão. Lúcia tomou-o das minhas mãos, colocando-o na mesa já posta. Mamãe olhou para Lúcia sem entender por que uma desconhecida chorava no meio da sala. O bolo chamou sua atenção e, como não recordava do princípio, de não aceitar nada das mãos de estranhos, pediu que Lúcia cortasse um pedaço caprichado para ela comer.

Sua morte provocou em mim uma tristeza sem dó, um sentimento severo de abandono e alívio. Sim, alívio, palavra indecente para se referir ao desaparecimento de alguém a quem nos dedicamos em razão de doença, idade ou qualquer circunstância irremediável, mesmo sem buscar reconhecimento ou recompensa. O fim pode tardar, mas chega. O fim de todas as horas sem prazer sugadas pela preocupação, dos dias tomados pelo moribundo. Os dias de descanso, em particular. E, com ele, a possibilidade de reconquistar a liberdade, o tempo para o amor, os amigos, o cinema, o tempo reservado tão somente a você, em meio a compromissos dos quais não poderia nem desejaria se furtar. O paciente torna-se um fardo e arca com toda a culpa pelos seus dissabores, frustrações, infelicidade. Todos aceitáveis, confessáveis. O alívio, retrato do egoísmo, associado à autopreservação, não.

Eu concentrava em mamãe minha tensão, meu cansaço. Me esforçava para a alegria que sempre a envolveu não se dissipar. Me recusava a perder o brilho de sua perspicácia, a curiosidade de quem se aproxima de um animal selvagem sem temer o potencial ataque. Daí meu alívio em vê-la encerrar seus dias obscuros, privados de antes e depois, de ter de volta à lembrança a mulher que se fora sem que a desmemoriada prevalecesse em meus sentimentos.

Muito antes de sua morte, eu já a tinha perdido. Nossas conversas foram desaparecendo. Ela deixou de perceber as próprias necessidades, perdeu o ritmo da casa. O que sentíamos e trocávamos não estava mais em pauta. Sem precisar esmiuçar minha vida íntima, ela me compreendia, me dando conselhos que ultrapassavam a segurança de seu casamento. E, apesar de uma ponta de moralismo em relação à minha liberdade, às satisfações que julgava que eu devia ao meu marido e à inibição para falar sobre sexo, eu confiava nela.

Quando isso desapareceu, passei a criar estratégias, como se se tratasse de uma guerra – que, por certo, era –, para manter sua capacidade de compreensão, usando artifícios que faziam sentido para ela. Sua consciência imediata, destruída de modo progressivo e ininterrupto, tornava o presente, ao contrário do passado, diluído e ironicamente inacessível. As histórias da infância e juventude, assim como as de nossa família, cujos pormenores repetia sem cessar, ganhavam corpo. Era preciso mostrar-lhe não só o que tinha significado, como também o que pudesse lhe trazer boas lembranças.

Comprei um toca-discos e separei os LPs empoeirados no interior da estante de madeira envernizada e portas de correr, adormecida na sala desde a minha infância. Coloquei o aparelho sobre uma prateleira. Mamãe me fitou, intrigada. Para estreá-lo, escolhi um samba do Vinicius. Abri a tampa da vitrola e pousei a agulha no vinil. Primeiros acordes. As sobrancelhas armaram-se de assombro. Aos poucos, ela começou a cantarolar. Seguiu o ritmo com a ponta dos dedos enquanto os pés desfrutavam de um baile secreto. Quando percebeu que eu a acompanhava, sorriu como que pega no flagra, fazendo arte. Lúcia parou para ver. Pedi que limpasse os discos e os encartes para colocarmos todos à vista. Minha mãe era afinada. Dias depois, Lúcia demonstrava gostar do que talvez nem conhecesse: samba-canção, bossa nova, clássicos latinos e americanos dos anos 50 e 60. A música trazia à casa histórias de amor em diferentes sotaques, trapaceando a solidão. Como criança ávida pela mesma história noite após noite, ela escutava os discos à exaustão até que eu ou Lúcia a convidássemos a vagar por outras canções.

Nos fins de semana, eu permanecia mais tempo com ela, me perdendo por entre fotos de diferentes gerações da família. Aquela cena da infância em que eu, tão rubra quanto o vestidinho que envergava, abria o berreiro sentada no chão do parque. As imagens pontuais do batismo e da primeira comunhão de mamãe, um ou outro registro da escola. O casamento com meu pai. A praia. As pouquíssimas imagens da avó Cecília, quando moça, e as ainda mais raras da bisa Virgínia, que amparou a filha operária na criação da neta, no interior de São Paulo. A cada imagem, ela se voltava a um universo que parecia reconhecer. As histórias se delineavam e conseguíamos construir retratos um pouco mais palpáveis do passado. Tudo contado e repetido milhares de vezes, como se a última tivesse sido a primeira, tal uma música infinita, de beleza desfalecida a cada nova execução. No princípio, não tardava a hora em que, contra a minha vontade, eu sucumbia. A irritação me fazia perder a paciência e ligar a tevê no intuito de calar minha mãe e aquietar minha alma, soterrada pela ladainha ininterrupta. Não havia maior teste do que ouvir e repetir, também eu, as mesmas respostas aos comentários que ela fazia sem parar. Aos cinco anos, o fósforo acendido com inocência sob a cadeira de palha da tia velha e cega, seguido do castigo do pai, que a impediu de brincar. O desconhecimento absoluto do corpo quando menstruou pela primeira vez e soube que as mulheres, nas palavras da vó Virgínia, faziam "xixi de sangue" todo mês. Logo, Teresa aprendeu a lavar escondido os absorventes de algodão grosso, feitos por sua mãe. Menstruação não era doença, como chegou a pensar. Era tabu sobre o qual não se falava, tampouco se deixava rastros. O colégio adorado, onde meninas ricas tomavam aulas de piano enquanto a ela, do pátio ao longe, restavam acordes e sonhos de um mundo que não lhe era permitido acessar. Mil vezes o fogo. Mil vezes a primeira menstruação. Mil vezes o colégio, as aulas de piano. Nada disso importava. Eu jamais a abandonaria. Tinha apenas de aprender a lidar menos com as limitações dela do que com as minhas expectativas.

A perda de memória envolvia não só sua experiência pessoal. Dizia do meu passado, a história da família, quase toda morta, uma arqueologia submersa de fatos e situações que eu não poderia reaver sozinha. Os desdobramentos da doença trouxeram um olhar atento sobre mim mesma. Eu queria ouvir o que importava para mamãe e respondia pelos nomes de Cecília, sua mãe, e Virgínia, sua avó. Ao ouvi-la falar de ambas, um desconhecido poderia duvidar da sua debilidade. Eu sabia tudo de cor. Mas, e se eu também começasse a esquecer? O isolamento provocado pela demência ecoava, expandindo a ruptura frente à realidade. Decidi gravar nossas conversas para guardar o timbre de voz firme e acolhedora, que acalentou minhas alegrias, meus abismos. Num sábado, chegando à casa, deixei o celular sobre a mesa de jantar. Peguei uma das caixas de lembranças da vó Cecília. Com uma foto na mão e sem me fazer notar, apertei a tela do telefone a fim de registrar nossas vozes:

"Que lindo esse vestido de casamento!"

Mamãe pegou a foto.

"Sim! Muito bonito e singelo! Foi feito para minha mãe pela tia Laura. No interior, elas costuravam para as madames da cidade, mulheres de comerciantes, médicos e até políticos. Sua avó era uma ótima costureira, apesar de ter apenas uma das mãos. Era detalhista. Tinha dedos precisos. Caprichava nos cortes, pregas e arremates. Ela contava que, quando anunciou que ia se casar, as freguesas mais próximas se reuniram e lhe deram um belo corte de musseline para o vestido."

Como a vó Cecília, mamãe era minuciosa e, se o presente se desmaterializava à sua volta, o passado era descrito em detalhes, a ponto de enganar quem ignorasse sua condição e a ouvisse falar.

"Não se podia esbanjar. O mundo estava em crise e o odor da Segunda Guerra estava cada vez mais próximo. Tia Laura tomou as medidas para fazer um modelo que não escondesse a beleza da noiva, mas que não fosse chamativo. Sua avó era miúda, com cabelos castanhos encaracolados, que prendia na altura dos ombros. De seu rosto, saltavam olhos escuros, determinados a fazer as pessoas desviarem a atenção de seu braço imperfeito. Seu avô Alberto, servidor de baixa patente na Guarda Civil do Estado, se encantou com aquele olhar valente. O pouco dinheiro que ganhava não o impediu de comprar duas alianças de ouro e se casar com ela."

A gota de uma lágrima palpitou nos olhos de minha mãe. Fotografia nas mãos. Silêncio. Duvidei da estratégia. Será que essas lembranças lhe fariam bem? Valeria a pena experimentar, mais uma vez, a emoção do passado, conhecendo de antemão os desígnios que selariam a história do jovem casal, as adversidades que enfrentariam? Era impossível não querer desviar das pedras, evitar tropeços passíveis de alterar a realidade, poupando dos infortúnios os que amávamos. Mais tarde, ao ouvir sua voz registrada sem nuances no aparelho de precisão duvidosa que eu utilizava, experimentei um conforto há muito esquecido. Não se tratava de um capricho. Era a chance de preservar a cadência da voz que embalara minha meninice, que tanto se debatera para acudir meus demônios e nunca admitiu perder a mim, sua única filha, para o mais inclemente dos abandonos, aquele que projetei sobre mim mesma, sem piedade. Diante das fotos, mamãe revelava impressões já sabidas. Por vezes, eu me surpreendia com detalhes nunca mencionados. Conhecê-los não só trazia de volta a lembrança dos fatos, como também nosso amor sutil. Quanto mais a doença avançava, custava reconhecer que ela perdia, a cada instante, sua capacidade de manifestá-lo e, apesar de a ciência delinear a cartografia desse esquecimento, era avassalador experimentá-lo no papel de atriz coadjuvante. Mantive esse esforço por cerca de três anos antes de sua morte, quando notei a dimensão do impacto da doença sobre mim, muito maior do que eu percebera até então.

Diante das poucas fotos, passei a fazer perguntas, certa de que, para além da demência, havia o que minha mãe não sabia ou esquecera devido à passagem do tempo. Como e onde meus avós se conheceram? O que dizer dos anos vividos juntos? Se minha vó Cecília era tão boa costureira, por que jamais conseguira melhorar de vida, deixar de lado a agrura do sustento de casa e comida? E meu avô Alberto, como ele era? Amoroso, dedicado? Tinha vícios, ignorava a família? Após mudanças de uma cidade a outra, eles se estabeleceram em São Paulo. E mamãe, como percebia a ausência dos pais, sem dinheiro para visitar Teresa e Virgínia no interior? A cada cena de família reconstruída enquanto olhávamos as fotografias maculadas, os sorrisos desaparecidos e as paisagens inexistentes, eu reencontrava a vivacidade de minha mãe, consumida pela doença, sua percepção atenta do mundo como sempre fora.

Como filha única, ela não precisou dividir os objetos da vó Cecília. Também não havia muito a dividir. O mais precioso era o jogo de chá de porcelana chinesa, pintada à mão, presente de casamento recebido por vovó de uma freguesa abastada. A relíquia repousou na caixa de madeira, forrada de seda envelhecida, em que as peças se encaixavam, o bule pequeno, o açucareiro, seis pires e xícaras. Eternamente. As três toalhas de mesa brancas, bordadas por vovó. Os lenços miúdos, usados pelas mulheres nas igrejas e em locais públicos, décadas antes.

Minha avó conservara três caixas de papel cobertas por ilustrações desbotadas. A primeira, retangular e azulada, dividida em quatro partes, continha carretéis coloridos ao lado de linhas brancas, botões de tamanhos, materiais e cores diferentes, alfinetes, agulhas e dedais. A segunda, com uma paisagem que remetia ao inverno europeu, em contraste com o país tropical, trazia fotos em preto e branco, envolvidas em papel transparente para evitar que colassem uma na outra. A maior e mais funda, mescla de ocre e dourado, guardava bilhetes, uns poucos postais, cartas e cartões trocados entre ela e meu avô, além de outros que vovó tinha escrito e recebido de sua mãe, Virgínia.

Eu sempre soube da existência dessas caixas, ocultas, sem estar escondidas na prateleira de cima do guarda-roupa de minha mãe. Por vezes, eu a via mexer nos papéis, sem dedicar-lhes muito tempo, embora sempre com desvelo. Olhava fotos, abria cartas, fechava tudo. A doença me fez descobrir que ela preservara, não como segredo, o registro das existências anti-heroicas das duas mulheres que a precederam.

A mim, interessavam as histórias da vó Cecília e de sua mãe, Virgínia. Nos papéis, via-se a caligrafia caprichada de minha bisavó em mensagens afetuosas para a filha e, mais tarde, para a neta. Virgínia tinha o hábito de escrever, enquanto o senso prático e o trabalho sem fim de Cecília mal lhe deixavam tempo para as palavras.

As tardes de sábado tornaram-se sagradas. Em meio às obrigações com o tratamento de mamãe, a medicação, os cuidados cotidianos, as orientações para Lúcia, tocar naqueles papéis e reviver com ela as histórias de Cecília e Virgínia permitiam examinar minha própria condição.

Eu, que não lembrava o significado do desejo, tampouco onde largara meus sonhos, teria a chance de escapar do vazio que me assolava os dias e que não se devia apenas ao fim do meu casamento, à independência dos meninos e ao fato de minha carreira bem-sucedida não representar mais nada?

Mexer naquelas lembranças me trazia de volta à realidade, a pessoas de carne e osso, premidas pela urgência de viver. O mundo me parecia árido, impregnado pelo nada. Além de mamãe, ninguém mais precisava de mim. Com a demência em estágio avançado, nem mesmo ela sentiria minha falta. Eu apenas estaria lá. Quando esse dia chegou, deixei de ter nome. Passei a duvidar de mim mesma e dos papéis que tinha assumido, como se nenhum deles pudesse dar conta do meu eu. Após a cremação do corpo, voltei para casa. Não havia ninguém para me perturbar. Adormeci.

Primeiro dia

O espectro da perda corroía meu corpo. Acordei cedo. Olhei as roupas do dia anterior e considerei que o preto, de tão usual e urbano, tinha se dilapidado como símbolo de luto. Resolvi, à moda oriental, usar branco nos dias subsequentes. Fui até a casa de mamãe. Uma sensação misteriosa abalou meus sentidos tão logo destranquei a porta e entrei na sala vazia. O pó de um único dia pairava solene sobre móveis e objetos. O toca-discos desligado. Abri a tampa e peguei um disco do Vinicius. A voz pouco apurada ecoava baixinho. Tirânica era a condição imposta pela demência a um indivíduo: a perda da memória como a ausência do substrato para a compreensão de si. A dignidade banida, assim como as dores e os desejos mais pungentes, a supressão de quaisquer certezas, inclusive a da própria finitude. Fiquei em pé, incrédula. Minutos correram. A morte, porém, não deixava de surpreender, mesmo que viesse acompanhada por anos de sofrimento e espera. O instante em que as pálpebras se cerram desenhando-se como um susto. A indiferença do mundo já desprovido daquele corpo e espírito.

 Os remédios permaneciam no armário da cozinha, ao lado da pia. Sobre a mesa, a fruteira exibia mexericas e maçãs coradas. Os ovos aninhados no seio da galinha de arame, em cima da geladeira. A quantidade de pratos, copos e talheres denunciava ter havido mais gente para dividir as refeições do que somente minha mãe, eu e Lúcia. O cheiro de café, a água fervente borbulhando no coador de pano a exalar o perfume da bebida. Eu desejava captar o cenário para guardá-lo na memória, mesmo conhecendo aqueles cômodos como a palma da minha mão. Eu nascera ali, e a casa, apesar das décadas, mantinha sua essência com alterações mínimas.

Subi as escadas. Lúcia tinha deixado as roupas limpas, a cama feita. A imagem do casal de meia-idade com o mar ao fundo permanecia na mesa de cabeceira de mamãe. A seu lado, a luminária pequena, a garrafa e um copo para a água. Diferentemente de outras manhãs, deixei a cortina e a janela fechadas. Preferi me aquietar na sombra iluminada pelas réstias de luz que atravessavam as venezianas de madeira. Não queria ver nem falar com ninguém. Fiquei sentada na cama por um tempo arrastado. A manta leve e clara, que acompanhava mamãe todas as noites, estava sob a colcha de crochê rosa-velho, feita por ela quando eu era criança. O jogo de cores neutras trazia aconchego ao ambiente, contrastando com os móveis escuros de madeira maciça, jamais trocados desde o casamento de meus pais. A maciez dos travesseiros não era suficiente para aplacar minha agonia. A última razão para me fazer conter as lágrimas se fora.

No ímpeto inócuo de estancar a solidão, peguei as caixas da vó Cecília, desci correndo as escadas e espalhei fotos, cartas e lembranças no tapete da sala. Imaginava que, com o tempo, aqueles registros me ajudariam a arquitetar a vida às avessas das mulheres que me antecederam e, por que não, a minha própria. De minha avó, eu conhecia um pouco: convivera com ela quando criança. Já a história de Virgínia me soava um mistério. Não pelos eventos que dissiparam as esperanças de minha bisavó quanto a um futuro tranquilo, mas pela inversão de expectativas que a morte de Antonio causou, somada à teimosia de não sucumbir aos caprichos do destino. Ao tocar em papéis que guardavam lampejos esmaecidos daquelas vidas, as tardes de sábado voltavam à minha memória. O timbre caloroso de mamãe parecia ainda ecoar no ambiente. Alheia, permaneci atirada ao chão em meio à aspereza do passado.

 Levantei de susto. Vertigem. Parei. Recobrei os sentidos. Passava do meio-dia. Eu não distinguia entre fome e enjoo. A lembrança dos gomos úmidos das mexericas impregnou meu corpo, convertendo-se em sede. Fui até a cozinha, alcancei uma delas na fruteira, arranquei-lhe a casca e comi com pressa. Sentia a aridez cítrica atravessar meu sangue, minha pele. As lágrimas ressecaram meu rosto e eu podia precisar suas marcas. Peguei a garrafa de vidro transparente na geladeira. Bebi dois copos de água, gole a gole. No lavabo, vidrei meus olhos no espelho emoldurado, na intenção de decifrar quais impressões teria se me visse pela primeira vez, como a um desconhecido. Eles estavam envoltos em olheiras, inchados. Pequenos sulcos circundavam seus limites, antes mesmo que eu pudesse sorrir. O rosado da pele desaparecera, os lábios estavam desidratados. Arranjei os cabelos desfiados com as mãos. Estávamos amarrotadas, eu e minha camisa branca. Tudo parecia igual, à exceção da orfandade.

 Ali, não se careceria de relógio. Rotina e refeições interrompidas. A casa de minha mãe era também minha. No entanto, a sensação de ser intrusa em território que me era vedado, uma invasora a tocar o proibido, avançava, impedindo-me de seguir. Há dias eu não comia direito. A fome importunava-me os sentidos. Nos potes fechados da cozinha adormeciam grãos. As panelas intocadas, o alho e as cebolas à espreita, a natureza quase morta. Abri uma gaveta devagar, sentindo a textura do corte de algodão passado, tão perfeito quanto gasto, no qual se viam casais de beija-flores bordados em pontas opostas. Gestos milimétricos no ímpeto de não romper o silêncio. Dispus a toalha sobre a mesa, acompanhada de um prato raso e uma xícara. Passei uma camada fina de manteiga no pão amanhecido depois de fazer o café. Devorei-o. Não me restava nada além da fome e do temor de ultrapassar a barreira que separava o fim e o princípio.

Ninguém procurara por mim naquela manhã. Nenhum aceno, chamado, campainha. Em anos, eu não precisava me apressar, atenta a necessidades alheias. Teria alguns dias antes de voltar ao trabalho e poderia permanecer ali o quanto quisesse. A liberdade me atordoava. Ninguém mais — filhos, marido, mãe — responderia pelas minhas impossibilidades. O que eu faria com as noites sem preocupação, os fins de semana franqueados às descobertas? E as casas? O que faria eu com os cômodos abandonados, sem risos nem murmúrios, guardando entre as paredes silêncios de infância e juventude? Eu, impressionada diante da lacuna em que minha casa se transformara, teria de arcar com as memórias da casa de minha mãe.

Na sala, a mesa de madeira retangular servia aos almoços da família. Mamãe alternava os caminhos de renda feitos à mão para enfeitá-la, junto às flores, trocadas a cada semana. Buquês de rosas brancas e amarelas, dálias, gérberas e lírios. Com sua morte, a água do vaso estava turva e as últimas flores tinham murchado. Retirei-o da mesa, pousando-o sob a pia para lavá-lo depois. Recolhi fotos e papéis do chão, distribuindo-os sobre o móvel.

Às vezes, pegávamos uma carta para ler, nos detendo no traçado das letras e no papel usado pelo remetente, imaginando as expectativas criadas em torno de cada expressão, o tanto que revelavam, o quanto escondiam. Nos papéis de seda finíssimos, quase transparentes, minha bisavó Virgínia e sua filha Cecília contornavam as palavras ao falar de suas fragilidades, não as sentimentais, as da ordem da sobrevivência. Nenhuma delas queria expor a penúria do cotidiano, a míngua em que viviam, embora conhecessem a essência da realidade em comum com a outra.

Envelopes grandes e pequenos, cujas pontas transformadas em pó se desfaziam ao primeiro toque. Bordas coladas já não os sustentavam. Era possível distinguir as caligrafias de Virgínia e de Cecília dentre as de outras poucas pessoas. Comecei a separá-los por remetente e por destinatário, observando os selos e as cidades de onde eram postados. A família circulava entre Campinas, Sorocaba e Tietê, interior de São Paulo, embora meu bisavô, Antonio, tivesse vindo de Portugal. Em um mundo impensável nos dias de hoje, o telefone era objeto de luxo. Esperar a correspondência legava a quem a aguardava risos e aflições que não derivavam do imediatismo que experimentamos agora. A espera era uma espécie de saber que se devia cultivar independentemente da vontade. As horas corriam lentas entre a postagem e o soar da campainha, no instante em que o portador depositava nas caixas de correio muito além de contas a pagar. Era a esperança de apaziguar uma saudade, a desilusão de um amor que chegava ao fim, o nascimento ou a morte de alguém.

A maior parte das cartas tinha sido trocada entre Virgínia e Cecília. Algumas foram escritas por Teresa, minha mãe. Descobertos destinatários e remetentes, passei a abrir os envelopes, imaginar as horas em que uma se sentava para dedicar-se à outra. Me espantei pensando em quando Virgínia e Cecília interrompiam suas rotinas arqueadas de obrigações para escrever. Como brotavam as palavras em meio ao cansaço dos dias trabalhados arduamente? Nas noites espoliadas de comida quente, muitas vezes, sem a privacidade de uma casa exclusiva para a sua família? Escreveriam na alta madrugada ou antes do amanhecer? Quantas lágrimas devem ter sido contidas para não manchar o papel? Como lidavam com o desespero e a resignação face aos assombros da vida?

Mamãe contava que, anos após a morte de Virgínia e logo depois do falecimento de meu avô Alberto, Cecília foi despedida da fábrica onde trabalhava, em São Paulo. Durante alguns meses, ela não conseguia conciliar o trabalho e os cuidados que o estado do marido exigia. Passava noites em claro, no intuito de fazer a febre baixar. Ele delirava. Em um ano e meio, o câncer consumiu garganta e esôfago, impedindo-o, quase que por completo, de comer e beber. No fim, a morfina não surtia mais efeito e era desesperador ouvi-lo gemer. Minha avó e minha mãe tentavam alimentá-lo à base de uma sopa rala. Ele não aguentava engolir. Tinha sede, mas a água não descia. Custava a dar um gole, cuidando para que o líquido fluísse lentamente pela garganta. Para ele, a saliva imitava espinhos. Tão bonito ele era, dizia mamãe: olhos solares, rosto alongado, cabelos e bigode escuros, elegantemente cortados. Foi virando pele e osso, um fantasma amarelo pardacento, cor de gente sem esperança.

Uma tarde, antes de cair doente e ter de abandonar o trabalho, ele a viu atrás da amoreira, no fundo do quintal, fumando escondida. Seguiu até lá sem ruído. Jogou o cigarro longe com um tapa certeiro, como se intuísse o que o destruiria. Na única vez em que se referiu ao fato, mamãe disse que chorou alto de susto e dor enquanto ele entrava em casa bufando, em uma das poucas vezes que ralhou com a filha sem mencionar uma palavra.

Ao menos uma vez por semana, vovó passava no açougue e pedia o pedaço de músculo mais suculento que podia pagar para encorpar o caldo de Alberto. Depois, aproveitava ao máximo a carne para cozinhar nos dias seguintes. Do pão à condução, da água à luz, qualquer trocado importava. A vida era guardar o que não tinham para evitar que faltasse. Vó Cecília lavava e passava as roupas com o máximo cuidado. Com o tempo, refazia as barras, trocava os botões ou parte dos tecidos gastos, mudando punhos e golas de camisas. Minha mãe, professora formada, tinha começado a trabalhar. Tinha o luxo de alternar dois pares de sapatos decentes para ir à escola. Exigência da vó Cecília, dona de um único par para todas as ocasiões. Uma vez, envergonhada, mamãe revelou que a vó Cecília torcia para não lembrarem dela em festas de aniversário, batismos e casamentos, que a obrigariam a comprar o que não podia.

De madrugada, vovó caminhava até a parada inicial do ônibus, distante poucos quarteirões da casa, onde pegava a primeira condução. Sentada, cabeça encostada na janela, rendia-se ao chacoalhar do motor que a fazia adormecer até a troca de veículo para a segunda parte do trajeto. Com a piora de Alberto, passou a sair mais cedo de casa para fazer a pé esse caminho, pouco mais curto, antes de o turno na fábrica começar. À noite, depois de horas curvada sobre a máquina de costura, temia que o cansaço a castigasse, dificultando a caminhada até o ônibus de volta. Não podia demorar: os cuidados com o marido e com a casa a aguardavam noite após noite.

Na casa da vó Cecília, dizia mamãe, o essencial consumia todos os centavos. Para minha avó, era preciso perceber o quanto o necessário ainda era supérfluo, algo que eles poderiam passar sem. Um capricho apenas, não uma precisão verdadeira. Um aprendizado trazido das histórias de sua mãe, Virgínia, depois de ter perdido o marido. De repente, a viúva teve de criar sozinha os cinco filhos pequenos e trabalhar na mercearia sem conhecer o negócio. Nada permaneceu igual.

    O dia chegou. O patrão já tolerara demais os atrasos e as desculpas de Cecília. Mas, como uma pessoa alucinada de dor poderia ser desculpa para outra não cumprir suas obrigações? Se ao menos tivesse alguém para cuidar de Alberto durante o dia, se pudesse comprar os remédios. Teresa ajudava, mas não podia permitir que faltasse ao trabalho para ficar com o pai. Pelo menos ela tinha de ter sorte na vida. Porém, a palavra de Cecília não bastava. Ela não passava de uma mulher que deveria dar graças a Deus pelo emprego que tinha, embora, para o patrão, agisse como se isso não importasse mais. Ele a fez assinar uns papéis, pagou o salário do mês, descontando as faltas justificadas pelos atestados médicos de Alberto. O homem não queria saber de história. Pouco importavam as misérias que minha avó e as outras mulheres tinham para contar. Só se interessava pelo corte e costura impecáveis das camisas, pelos botões simétricos muito bem pregados, pelo aumento das vendas dos produtos nas lojas caras da cidade. Mais tarde, sem poder recuar, ela percebeu que saíra de lá sem nenhuma garantia pelos vinte e poucos anos de serviço enterrados nas máquinas de costura por dez, doze horas, seis dias por semana. Não houve conselho. Ninguém para dizer quais eram os seus direitos ou o que ela deveria fazer para não deixar a fábrica com uma mão na frente, outra atrás, como aconteceu. Estava atordoada. Dias antes, teve de tomar as providências para o enterro, cuidar da papelada, do preço do caixão. O terno limpo, quase surrado, garantiria a Alberto a dignidade necessária para encontrar o Altíssimo. Os parentes, prestativos, mantinham a capacidade de não perguntar como ela pagaria o funeral ou se desejava somente uma xícara de café fresco, sentada no escuro da cozinha com um lenço para secar as lágrimas, que engoliria, como de costume. Descobriu, mais tarde, que tinha assinado documentos que isentavam a fábrica de quaisquer cobranças futuras. Desconhecia as leis trabalhistas e, ainda que fosse diferente, um recurso à Justiça contra a empresa seria vão, uma aventura fadada ao fracasso para uma mulher sem posses nem recursos. Não fosse a pensão minúscula que Alberto deixara como funcionário dos Correios, não teria do que sobreviver.

Ao ver as cartas e lembrar o que ouvira de mamãe, eu ensaiava recompor esses itinerários em busca não só das histórias que eu conhecia, como também de revelações, muitas vezes imperceptíveis.

A luz do poente atravessou a cortina refletindo-se nos papéis, separados em pequenos blocos sobre a mesa da sala. Na casa inerte, eu não precisaria removê-los dali para outro lugar. Em torno dela, não havia nada a festejar nos próximos dias. Talvez nunca mais. A sensação de movimento, de continuidade da vida, causava estranheza. Como outro qualquer, o dia passara. O primeiro dos sete dias em que eu, em luto, me distanciaria do mundo. O primeiro sem ela.

Mamãe desaparecera. O balé das nuvens não mais a surpreenderia, menos ainda a vilania, mascarada sob a espontaneidade dos sorrisos espúrios. Ela estaria a salvo de desmandos, imune a novidades, alvissareiras ou não. Sua pele doce e fragilizada, seu colo, me faltavam. Quando seu corpo se transformou em cinzas, me permiti perder um abreviado controle das coisas, direito ao qual tinha me esquecido. Convertido em pó, ele poderia levitar no vento forte antes de repousar no mar, para onde eu o levaria. Livre. Essa ideia me acalmava. Anoiteceu.

As exigências de mamãe, associadas ao ritmo corrosivo do escritório, me transformaram em autômata. Eu respondia a prazos inexequíveis, à incensada eficiência. Horários estendidos, demandas urgentes, contínuas e simultâneas. Mais que comprometimento, o nível de cobrança ultrapassava o razoável e eu o estendia aos que se reportavam a mim, sem pudor. Minha separação colaborou para que isso se acentuasse. Eu já não devia satisfações a ninguém. Passava horas sem descanso. Noites mal dormidas, banhos rápidos e qualquer coisa para comer bastavam. Não me importava. Minha vida se resumia aos cuidados com mamãe e ao trabalho. Em quase três décadas, eu tinha conquistado uma posição privilegiada e me considerava profissionalmente realizada. Porém, nos últimos anos, a impotência foi me consumindo, provocada pela sensação crescente e constrangedora de tempo perdido, de horas desperdiçadas em atividades incompatíveis com valores dos quais eu tinha me distanciado.

Mamãe me inspirara a estudar Direito. Sonho dissolvido pela urgência dos dias, ilusão semelhante ao piano, sobre os quais quase não se falava. A escola normal delineou o caminho da jovem humilde que ela era. Formou-se professora e começou a trabalhar. Construiu carreira. Eu me identificava com valores da justiça, da igualdade de direitos e oportunidades. Vi o interesse nascer sem que o vinculasse a mamãe ou ela me obrigasse a qualquer coisa.

Mamãe dava aulas em uma escola pública. Eu a ouvia contar de meninos muito pobres, seus alunos, que iam à escola sobretudo para comer. A comida vinha primeiro. O estudo depois. Crianças e famílias contavam com isso. Às segundas-feiras, após arcar com finais de semana sem alimento suficiente, chegavam à escola abatidos, sem força nem atenção. Eu a via levar sanduíches e bolos para dar às crianças no intuito de mitigar sua fome. Tal era a preocupação com eles que, às vezes, meu coração doía de ciúmes. Não podia conceber que ela enxergasse nos garotos o reflexo do seu passado e de sua família.

A meio caminho entre a escola, na periferia, e o centro situava-se nossa casa. À tarde, após as aulas, saíamos para a cidade a fim de resolver o cotidiano, uma compra, um problema, um esquecimento. Às vezes, um café para ela, chocolate quente ou sorvete para mim. O burburinho de ruas e pessoas, uma das alegrias de minha mãe. Circunscrevíamos de ônibus as ruas dos bairros distantes. Mamãe me ajudava a subir os degraus. Tão logo alcançasse o primeiro banco com janela vaga, eu me sentava ansiosa para olhar a paisagem. O ônibus passava por ruas desamparadas, sujas de lixo e poeira, até chegar aos bairros arborizados, com lojas para todas as necessidades, nas vizinhanças abastadas da classe média. Na janela, minha alegria ia perdendo o matiz e o ciúme dos alunos de mamãe, que eu nem conhecia, se esfacelava ao ver mulheres e crianças, em sua maioria negras, estendendo as mãos em troca de esmolas ou um bem que pudesse minimizar a falta de tudo. Homens velhos pareciam estar sozinhos com seu passado e sua miséria, muitas vezes acompanhados por cães. O contentamento dava lugar a um nó no estômago, um enjoo que mamãe atribuía ao chacoalhar dos pneus nas ruas de asfalto precário. Ela estava enganada. Eu mal conseguia explicar. Grudava o rosto no vidro, os olhos esbugalhados no esforço ingênuo de entender o que diferenciava minha mãe daquelas mulheres, aquelas crianças de mim. Concentrada, fixava o olhar em cada uma, arriscando adivinhar seus nomes, as brincadeiras preferidas, se tinham uma cama ou um caderno. Haveria, entre elas, um aluno de mamãe? Eu tinha medo. Não das crianças. De ficar na rua à espera não sei do quê. Do abandono estampado no olhar dos meninos enquanto o ônibus me levava para longe.

Embora vividas à distância, muito me incomodavam essas experiências e as memórias que despertavam. Esse mal-estar ganhou corpo, e decidi ser advogada. A jovem utópica acreditava poder reverter a injustiça junto a quem não tinha chances nem condições de se defender.

Pouco depois de retornar à faculdade, consegui estágio em um prestigiado escritório de advocacia, onde trabalho até hoje. Logo vi que não havia ponte entre os casos que atendíamos e meus propósitos iniciais. Resolvi ficar até acabar o curso. Mais tarde, com experiência, procuraria projetos que me aproximassem de pessoas para quem advogados e direitos eram inacessíveis. Fui me habituando.

A compreensão da piora de mamãe foi me tornando intolerante com o que antes eu relevava. O que julgava ser autorrealização ruía. Seu alheamento era irreversível. Eu não podia mais esperar. Os dias no escritório se desdobravam em conquistas ou reveses sobre causas que não tinham, nunca tiveram, sentido para mim. O que eu fazia ali? Eu via os minutos passarem com a assustadora consciência de que não voltariam. Com eles, minha energia se dissolvia em perdas por me ocupar com o que eu não mais queria. Eu me sentia paralisada. Olhando para trás, me perguntava: por que eu nunca disse não? Por que nunca me arriscara a realizar meu sonho, razão pela qual eu enveredara pelo Direito? Por que me deixara anestesiar por anos a fio?

Naquela noite, a primeira após o enterro, o tempo manipulava minha percepção. Cheguei à morte de mamãe mais sozinha do que jamais estive. Deixei-me ficar na sala, olhando a nudez das paredes. Quieta, como há muito não ficava. Abatida pela possibilidade de ser livre. Cenas vividas se sobrepunham umas às outras. Eu não queria que se perdessem. Não queria mascarar a dor. Temia permanecer na espiral ascendente de lembranças que colhia minhas emoções. Ou poderia ser menos rígida, admitir que precisaria reconhecer o novo território, sem pena de mim.

Decidi voltar para casa. Arrumei as almofadas do sofá sem obedecer à sequência criada por mamãe, que dispunha as que tinham grandes estampas florais próximas aos braços do móvel e, no meio, as de flores pequeninas com tons suaves. Se visse, ela reclamaria. Havia ali um sentido inventado que acendia uma brevíssima chama de proteção mental, repetida em outros cantos da casa, como na penteadeira do quarto, com caixinhas de porcelana à esquerda, potes de vidro e metal para guardar miudezas à direita. Ao centro, Nossa Senhora Aparecida sobre a toalhinha branca de crochê, saída de suas mãos. Ter um lugar para cada coisa acalmava sua mente irrequieta sem que isso correspondesse a outro mal, tão doloroso quanto o que a devorava. Embora não tivesse um caráter doentio, a falta de ordenação podia fazê-la perder horas em arranjos almejando uma improvável, mas desejada, perfeição, além de corroer sua já minada capacidade de concentração. Parei no meio da sala. Olhei ao redor. Queria escapar da névoa que pairava sobre mim. Meus pés roçavam o chão. As caixas de lembranças sobre a mesa. Mamãe morrera. A vida, não. Respirei fundo antes de sair e trancar a porta.

Na rua, vi pessoas voltando do trabalho depois de saltar dos ônibus na esquina. Outras guardavam os carros nas garagens. Eu ouvia o ruído de pratos e talheres na vizinhança, repercutindo a hora do jantar. O cheiro dos temperos estendia-se janelas afora, emaranhando-se ao da noite cálida. Abri o carro, chave no contato, luzes acesas. A casa de mamãe ficava a meia hora da minha. No bairro, contavam-se nos dedos os edifícios. Os velhos da vizinhança estavam morrendo. Crianças brincavam em ruas ainda preservadas do movimento dos automóveis. Olhei a casa apagada. A entrada ampla, retangular, por entre as lanças do portão de aço. Os vasos de cerâmica no chão exibiam folhagens verdejantes. Em um deles, via-se uma muda de azaleia rosa-vivo. Próximo à porta, a avenca, preferida de minha mãe, saudava as visitas cada vez mais raras. A fachada ostentava a jovialidade de um verde-pistache, escolhido para substituir o bege desalentado do passado. A pintura perdera seu viço, transformando-se na subtração do que fora uma alegria, como mamãe e eu.

Liguei o motor e dei a partida. Meus olhos ardiam sob os faróis. O trânsito lento do anoitecer acentuava meu distanciamento. Redobrei a atenção. Diferente do costume, deixei o rádio desligado. As notícias, repetidas à exaustão, em nada me interessavam.

Ao entrar em casa, larguei a bolsa no sofá e fui para o quarto. Ignorei a cama desarrumada. Abri as gavetas, separando roupas para a semana. Início de primavera. Noites frescas, dias quentes. Por um minuto, o atrevimento: cogitei o que seria felicidade. Uma ideia tão distante quanto pular de paraquedas em meio a um deserto ou viajar ao futuro para, de volta ao passado, manipular o destino ao meu bel-prazer. Estranhei o tamanho da cama de casal. Há um ano, Chico tinha ido embora. Pouco depois, foi a vez dos meninos. Olhei os livros na cabeceira. Intactos. Peguei o computador, sem intenção de usá-lo.

A dedicação à mamãe não me permitiu arranjar a casa só para mim. Nos quartos dos garotos, havia roupas e sapatos deixados para trás, livros que eles não usariam mais, quadros e pôsteres que perderam o significado. Parada na porta do quarto de Davi, revi sua cama de criança e o berço da época em que Pedro nasceu. Na casa onde morávamos, paredes azuladas simulavam o fundo do mar com peixes coloridos, miúdos ou não, que pareciam piscar a quem ali entrasse. Recolhi frutas e verduras que restavam na geladeira em uma sacola. Fechei os vidros, desliguei equipamentos. Pela primeira vez, achei o apartamento grande demais só para mim. Tranquei a porta e voltei para a casa que fora de mamãe.

O trânsito começava a fluir. Eu estava atenta. Ao chegar, deixei a comida sobre a mesa da cozinha. Levei as roupas para o quarto que tinha sido meu, virado para os fundos da casa, de onde mal se ouvia barulho. A cama de solteira estava arrumada. Roupa de cama limpa a cada quinzena. Deitei, me aventurando no interior da menina que tateava com os olhos os móveis escondidos no escuro até que os percebesse outra vez. Com o tempo, a penumbra ganhava nitidez, sem carecer de iluminação. Eu não tinha fome. Tomaria um uísque, se houvesse. Sabia, porém, que não acharia nada além de leite e chás relaxantes para beber. O café deixaria para a manhã. Era tarde. Apaguei a luz, deixando aceso apenas o abajur, resplandecendo a amarelo. O frescor da noite alertou meu corpo cansado. Abri os botões da camisa branca e tirei-a, pousando-a no banco aos pés da cama. Com manta e travesseiro nas mãos, me aconcheguei para dormir.

Segundo dia

O sol me espiava pelas frestas da janela. Percebi que tinha sonhado. Sinal de sono profundo. Há meses dormitava em vigília, deixando o cansaço crônico precipitar-se sobre mim nos momentos mais impróprios. Por instantes, esqueci onde estava. Abri os olhos. Meu quarto de menina. Mamãe apagando a luz. Boa-noite. Adolescência. Os segredos que eu queria ter dividido com amigas. Risos. O lugar onde queria ter chorado amores ingênuos. O espaço onde descobri meu corpo, nervosa para que a respiração ofegante não atravessasse a porta fechada.

Pés nus nos tacos de madeira encerada. Logo, a temperatura agradável desapareceria em face do calor iminente. Abri o guarda-roupa, alcançando uma toalha de banho. Chuveiro. A água morna flertava com a quentura. Entrei de corpo inteiro. Peguei o xampu comprado dias atrás. Neutro, transparente. As fragrâncias irritavam mamãe, provocando enjoo e dor de cabeça. Fechei os olhos para protegê-los da espuma. Pressenti a fraqueza. Deixei a temperatura arrefecer. Olhei os azulejos trocados há uma década, o box de vidro esfumaçado. Era como se pisasse ali pela primeira vez. Percorria minha pele com as mãos ensaboadas. Deslizei-as sobre meus seios, ainda firmes. Desci para os quadris, as pernas longas e grossas. Era uma mulher comum, para quem a beleza importava sem ser uma obsessão. A água levava embora as células mortas. Abaixei o tronco até alcançar meus pés. De cabeça para baixo, cuidava para a água não entrar pelas narinas. Os dedos tocavam os tornozelos sem que eu pudesse segurá-los. Ouvi um estalo nas costas. Subi devagar e fechei o registro. Balancei os cabelos curtos, fazendo respingar gotas no ar. Me vesti e desci as escadas.

    Preparei o café. Caneca cheia de amargor puro para despertar. Pão tostado no prato. Abri as janelas da sala. Puxei uma cadeira em frente à mesa de jantar. Como mamãe, eu era filha única. Não precisaria dividir bens com ninguém. Havia a casa e nada mais. Com a licença pelo luto, eu deveria tratar da burocracia própria à ocasião. Contudo, isso poderia esperar. Antes, queria desvendar as memórias difusas reunidas sobre o tampo de madeira, imune à ilusão de definir começo, meio e fim. Sabia que ali só haveria resquícios do que foram as vidas de Virgínia, Cecília e mamãe. Como advogada, eu conhecia a parcialidade das provas e, sobretudo, da memória, sempre pronta a trair.

    Mamãe me falava da avó. Os papéis espalhados sobre a mesa pertenciam a um passado não tão próximo à morte de meu bisavô, Antonio. Não havia nenhum registro de como Virgínia sobreviveu com os filhos imediatamente após a perda do marido. Mamãe tampouco mencionava detalhes. Eu ouvia histórias de um dinheiro roubado. De mal-entendidos com os irmãos de Antonio. Sabia que minha bisavó anotava tudo em caderninhos. Remexi as caixas, sem encontrá-los. Talvez estivessem em outro lugar. Minha curiosidade sobre aquela mulher só aumentava. Não havia nada capaz de me transportar àquele passado, virado do avesso sem aviso prévio. Ao pensar em Virgínia, no que ela teve de enfrentar, eu me sentia fútil, egoísta. Não sei o que faria em seu lugar.

***

Chuva fina. As velas acesas exacerbavam o calor habitual, tornando o espaço sufocante. Ela não conseguia respirar. Vizinhos e amigos chegavam. Permaneciam por pouco tempo, enquanto a umidade e a quentura mesclavam-se à sensação de debilidade que aflora quando a doença se avizinha. No meio da sala, o corpo jazia no caixão barato, comprado de susto, depois da morte súbita.

Para Virgínia, o casamento parecia uma estrada incerta: vincular a vida a outra pessoa e com ela dividir os anos, as vicissitudes, esquecer as vontades. Não que tivesse algum sonho ou pretendesse trocar o destino comum das moças por outro semelhante, como a dedicação a Deus. Aos dezesseis, casou-se com Antonio. O casamento, de fato, a surpreendeu. Nunca imaginou que pudesse atrair o olhar de um desterrado, um homem tão sem segredos quanto ela, tão sem tempo para dúvidas quanto ela para alegrias. Um olhar que, a princípio, não a arrebatou. Deu-lhe apenas a hipótese de um cotidiano sem arroubos, um norte a seguir. Mais tarde, porém, quando ele deitava os olhos sobre seus cabelos escuros cacheados ou elogiava sua letra desenhada ao vê-la registrando detalhes da vida em cadernos de bolso, ela sentia a delicadeza do amor que lhe dedicava.

Trabalhavam na mercearia e na casa. Em oito anos de casamento, cinco crianças vingaram, ocupando seu ventre e seu tempo. A casa era modesta. Ainda não passavam fome. A vida ainda não a tinha atraiçoado, apesar de Cecília ter nascido sem o antebraço direito. Até a gripe levar Antonio para jamais.

Só, recebeu as condolências, alguma compaixão e foi impactada por um misto de pena, desprezo e desafio vindos dos olhares alheios. O que seria dela a partir dali? Olhava ao redor. A pergunta em suspensão, sem inibir os que insistiam em decifrar seus sentimentos, seu futuro. Ela era jovem, tinha crianças para criar e um ignorado talento para sobreviver. Naquela noite e em muitas mais, sentiu-se atordoada e calma. A perda do marido e da segurança que a presença dele afiançava seria, decerto, a razão do torpor. Porém, não sabia se chorava como esposa ou como mulher. Tinha um companheiro digno para casar e criar os filhos, deixando o tempo se encarregar de fazer os meninos crescerem e tomarem rumo certo na vida, evitando questões complexas, como o amor, e tratando de coisas práticas, como o trabalho.

Naquela noite translúcida, o tempo estancou. Tentava compreender como havia chegado ali. Fragmentos de imagens se misturavam. A infância antiga, o aprendizado das palavras, a mocidade discreta, as obrigações de ser mulher, o encontro. Sentimentos exasperados imobilizavam gestos e palavras. Tão distantes eram as lembranças que podia até duvidar da sua existência. Era como se o seu eu, condensado na experiência do casamento, tivesse sido levado por uma lufada quente e desaparecesse, deixando vestígios que exigiriam tudo quanto pudesse dar, seus dias, sua vida. As crianças pequenas, a loja que ocupava o térreo do sobrado de aluguel onde viviam, a necessidade de saber de pronto o que não sabia, sem espaço para o risco, o erro.

Naquela noite, Virgínia abriu os olhos e não viu o futuro. Não era a soma das impossibilidades nem a aversão do desconhecido. Era o susto de ver a si mesma como nunca tinha visto antes. Sabia que a solidão permaneceria, não importava mais quem estivesse ali, afora seus filhos, que, logo, conheceriam sua aflição.

O corpo sendo velado, o calor úmido, os outros, sua improvável confiança. Uma mulher jovem sob o arco do destino. O tempo, a imobilidade. Seria assim tão simples: aceitar o que estava traçado? Na tentativa de se reconhecer, tinha a sensação de se descolar daquela cena. Havia as crianças e, entre elas, a bebê a ser amamentada, a orfandade. Havia a viuvez. Havia a vida esquecida nas entranhas da sua juventude. O tempo estático e ela.

A sala da casa servia de cenário derradeiro para o marido morto. Desconhecia quem era. Não conseguia deixar fluírem as lágrimas, embora tentasse impedir o choro das crianças, tantos motivos teriam para chorar. Gente estranha em casa, a quebra da rotina noturna, o pai e a mãe protagonistas de um filme triste. Naquela noite vazia, o tempo correu sem alento para meninos e meninas, que não tinham dimensão do que a morte do pai significaria. Ela deslizava entre as pessoas, falava com os pequenos, cuidava de fazer um e outro dormir. Isabel, sua vizinha, a mãe e Ernesto, seu irmão mais novo, foram os únicos a ajudá-la. Mais ninguém. Tamanha era sua vulnerabilidade que, além da morte de Antonio, não pôde perceber o outro golpe aplicado à família.

Tinha a impressão de que a madrugada jamais acabaria. Pensava se haveria outra chance como aquela, radical pela audácia da morte, de encontrar consigo mesma. Em sua vida de coadjuvante, a imagem da mãe absorvia a imagem da mulher. Por mais amor que tivesse pelas crianças, sabia que os sonhos que sequer sonhara ficariam para trás. À mãe se somaria a viúva, transformando-a, tão jovem, em um ser intocável. Não era sentimental, mas estava certa de que se afastaria de outras possibilidades de amor, jamais se entregaria à paixão, tão logo a manhã nascesse e o passado silenciasse sob alguns palmos de terra.

De manhã, poucos conhecidos seguiram o cortejo até o cemitério. Sua mãe e o irmão. Os irmãos de Antonio. Ela esperou o fechamento do túmulo. Recebeu os últimos cumprimentos. A mãe insistiu para acompanhá-la até em casa. Recusou. Precisava ficar só. Caminhou com as crianças, José, Marília e João, pela alameda central até a saída, em direção à parada do bonde. Era quase hora do almoço. Calor intenso mesmo antes do verão. Quando o bonde chegou, desfrutaram de bancos vazios e da sombra quente do interior do veículo, protegendo-os do sol. Mudos. Nas ruas, lojas, pequenos comércios, bancas de mascates e ambulantes, via-se trabalhadores, velhos, mulheres, estudantes, casais. Inabalados.

    O balanço do bonde acalentava o repouso das crianças. Não havia lágrimas, só cansaço. Virgínia sentou-se com Marília em um banco. A menina recostou a cabeça em seu colo. Os garotos ocuparam o banco de trás. Trilhos e paralelepípedos brilhavam. Ela zelava pela trégua imposta pelo sono aos filhos. Mexia nos cabelos de Marília com delicadeza. A fadiga arranhava seus olhos. Ainda estavam longe. O calor a aquietava. Agradeceu a Deus por sepultar Antonio em um dia de sol, como se aquilo pudesse estancar seu tormento. Virou para trás e comprovou o quanto os meninos carregavam os traços do pai, dono de um rosto denso, emoldurado por sobrancelhas pronunciadas e escuras. Seu olhar decidido garantia-lhe firmeza e sensatez para lidar com as pessoas. As poucas imagens de Antonio permitiriam, com o tempo, ver o que dele se conservaria nos garotos. Quando morreu, mantinha o sotaque acentuado, assim como os pais de Virgínia, também de origem portuguesa, ao contrário dela e de Ernesto, nascidos no Brasil. O clarão do meio-dia avançava pela janela do bonde. De repente, a memória límpida da tarde em que se conheceram teimava em desaparecer.

    Antonio acabava de chegar em Santos e procurava um quarto para alugar quando a viu pela primeira vez. Ela se dirigia à casa de dona Amália. Não se recordava de vê-lo na rua. Com pouco estudo, ele era gentil e trabalhador. Para ela, era o que importava. Ele dizia ver nela uma mulher frágil e forte, como deveria ser. Apesar de não entender bem aquelas palavras, ela se sentia lisonjeada. Ele abandonara o país natal em busca de sorte deste lado do mundo. Ela sabia que o peito amargava quando ele falava da aldeia esquecida pelos mapas, sem pensar nos dias e noites de travessia do oceano. No navio, quanto mais minguava a distância do desconhecido, mais aguçado era o temor de morrer longe de sua terra. Aversão maior só mesmo de morrer sem um chão para pisar, de desaparecer em queda livre, sufocado pelo mar. Só. Sobreviveu à travessia e à guerra, mais tarde, conhecida como a Grande, acompanhando o desamparo europeu pelas notícias tardias, publicadas nos jornais brasileiros.
    Antonio amava Portugal. No entanto, não via ali chance de prosperar. Lamentava o cotidiano de trabalho ininterrupto dos pais no plantio de trigo, milho e centeio, além da criação de galinhas, para tirar o sustento para si e os três filhos. Muito novos, ele e os irmãos já ajudavam na lavoura. Em pé desde a madrugada, tomavam o mata-bicho antes de começar a aragem da terra. À tarde, juntavam-se a outras crianças, maiores e menores, na única sala de aula da aldeia. Com sorte, completariam a escola primária. A instabilidade da colheita, sujeita a intempéries, a falta de dinheiro e a

fome sempre à espreita não saíam da lembrança. Adolescente, começou a trabalhar no empório local, onde aperfeiçoou o raciocínio, aprendeu a negociar e a atender moradores e viajantes, muitos deles desvalidos.

Desejava se mudar. Viver em uma cidade grande o mais breve possível. Virgínia gostava de ouvi-lo. Pensava se teria sua coragem. Admirava as pessoas divididas entre o medo e a valentia, o presente duvidoso e um futuro incerto, homens e mulheres que arriscavam o quase nada que tinham em nome da esperança. A ideia de vir para o Brasil começou a fervilhar dentro dele. Um país irmão, a mesma língua, quiçá uma boa mulher. Por que não? Decisão tomada, viajou em um dos muitos navios de imigrantes que vieram para cá no começo do século. Ao descer no porto, foi seduzido pelas ruas de Santos antes de se aventurar nas fazendas do interior de São Paulo, a exemplo de milhares. Ruas que em nada lembravam a aldeia, tão cheias de burburinho e gente, negros, europeus de origens variadas. Resolveu ficar perto do mar para lembrar que Portugal permanecia a algumas braçadas, do outro lado do oceano.

Antonio alugou um quarto no Macuco. Com a experiência adquirida no empório, esperava arranjar emprego semelhante no Brasil. Na entrada da pensão, um quadro exibia anúncios de todos os tipos. "Precisa-se de ajudante. Experiência anterior bem-vinda. Tratar com Joaquim na Mercearia São Martinho." Na manhã seguinte, cedinho, café tomado, caminhou até o local, próximo à pensão. Tornou-se ajudante no negócio de um conterrâneo. Passado o primeiro ano, o velho Joaquim confiaria a Antonio o comando do armazém.

Virgínia caminhava em direção à casa de dona Amália, onde recolhia peças para costurar. Tinha habilidade com linhas e agulhas. Desde a morte do pai, sua mãe cativava a vizinhança com quitandas frescas para o café. Bolos, pães, broas de milho, biscoitos de leite, quindins e pastéis doces todos os dias. O dinheiro não dava. A filha costurava barras, bainhas e botões para ajudar no orçamento da família enquanto aprendia os segredos de um bom corte, o valor de um caimento perfeito, os atributos de diferentes tecidos.

Antonio olhava a rua do balcão da mercearia. Atento ao movimento, a via passar duas, três vezes por semana. Um dia, a cumprimentou. Apesar da timidez, ela sorriu ao ouvi-lo se apresentar.

"Qual é o seu nome?"

Na hora, ela pensou nas palavras do pai, na voz vívida da mãe. Moça direita não fala com estranhos!

"O que a traz sempre aqui?"

"Ajudo dona Amália com a costura."

Ele não conhecia a mulher, que morava na esquina, próxima à mercearia. Virgínia não disfarçava o embaraço, não sabia para onde olhar, o que fazer com as mãos, sentia o rosto enrubescer. Mais tarde, soube que sua reação o atraiu.

A partir daquele dia, o desconhecido foi se mostrando. Ela era de poucas palavras. Preferia ouvi-lo contar histórias novas do passado, do presente. Afora a costura, ela tinha cadernos e tomava notas das graças e infortúnios que via nas ruas. Também ajudava familiares e vizinhos a escrever o que precisavam, cartas, bilhetes. Eles confiavam em Virgínia, gostavam de sua letra e do capricho para registrar histórias, além de segredos que jurava jamais contar. Cartas que poderiam modificar a sorte alheia quando entregues ao portador. Ela dava vida àqueles destinos.

Quando assumiu o armazém, Antonio pediu-lhe que escrevesse para sua família. Além do trabalho, as palavras descreviam uma jovem, atribuíam-lhe adjetivos, anunciavam intenções. Ele queria se casar, mas faltava coragem para pedir a mão. Virgínia rabiscou letra por letra. Entregou-lhe o papel para assinar, sem olhar nos olhos dele. Foi quando o ouviu repetir para ela as palavras ditadas no papel.

O namoro durou o tempo de amadurecer o sentimento e preparar a nova casa, no andar de cima do armazém. A mãe e o irmão da noiva não escondiam o contentamento. Dona Amália cortou o vestido e deu-o de presente a Virgínia. Reunidos uns poucos parentes e amigos, casaram-se. Antonio, que utilizara as poucas reservas para dar entrada na compra da mercearia, tirou o sábado da cerimônia de folga. No domingo, depois do casamento, as vozes ecoavam risonhas pela casa. Segunda-feira de manhã, ele abriu a loja com aliança no dedo para trabalhar.

A travessia do Atlântico deixara nele uma nostalgia, antes desconhecida, misturada à expectativa de um futuro incerto, do qual se deixava esquecer aos domingos. Naquela noite, porém, depois do jantar, faltou-lhe coragem para os preparativos da semana. Passados três dias, morreria sem diagnóstico claro. Tudo intenso, breve. Febre alta repentina, tosse de cachorro, cabeça e corpo atordoados pela dor, um mal-estar extenuante, respiração arfada, secreções com sangue. O fim sem aviso nem demora. Implacável como um fato.

Anos mais tarde, Virgínia diria que, no entendimento das crianças, uma eternidade separava o domingo da manhã de quinta-feira, quando o pai fora enterrado. Os percalços enfrentados por Antonio naquele curto período assombraram os filhos pequenos. José, o mais velho, sete anos, intuíra a gravidade da situação assim que viu a mãe chorar ao lado da cama. Exausta. Desesperançada. Ela não podia conter o temor diante do imponderável. Marília, nascida depois de José, e João, mais novo que a menina, rondavam o quarto do casal. Tentavam adivinhar o que havia por trás das paredes, pelos vãos das portas, o movimento na cozinha, onde a mãe pelejava para coibir a propagação da doença fervendo lençóis, roupas e toalhas em dois caldeirões de água. Os meninos a observavam de um canto a outro da casa, carregando baldes, passando as roupas limpas para as trocas que se sucediam enquanto procurava aplacar a tosse, a febre, o suor, a expiação de Antonio. Não vencia. Não venceu. Cecília e Laura, ambas de colo, exigiam sua atenção. Sem saber o que vitimava o marido, Virgínia inquietava-se pelos filhos, preferindo mantê-los fora do ambiente comum ao doente. Quanto a cuidar de si, tratava-se de um detalhe. A visita do médico fez pouca diferença. A angústia a sustentou, alerta, por horas alargadas de três dias até o momento que a consciência do fim livrou Antonio dos esforços derradeiros. Ele a olhou com calma, ela beijou sua mão na tentativa de esboçar um sorriso. As pálpebras cederam ao mal.

Para as crianças, a morte do pai foi uma surpresa distinta do que deveria ser. Não era alegria, doce ou brincadeira. Era um enigma. Uma sensação que a ingenuidade da infância não permitia compreender. A morte deveria ser coisa de velhos. Poderia atingir os avós, que viviam em Portugal. No Brasil, restava a avó materna. A morte fazia parte de histórias que não tinham lugar na vida deles. Poderia vir de tristeza, solidão, amor, ódio, doença, fome, queda, susto, tiro, faca. Não deveria ser coisa de pai.

Os meninos não podiam perceber o quanto a ausência de Antonio transformaria tudo. Ele acordava cedo, logo depois da mulher. Como ela, estalava beijos nas bochechas dos filhos para tirá-los da cama. Tomava o café preto e descia para abrir a mercearia, arranjava as farinhas, os grãos, os temperos, os ovos, o óleo, o leite, o açúcar, os fósforos, o sabão. Organizava as contas e gostava de conversar com os fregueses. Em casa, se divertia com as crianças, repetindo histórias verdadeiras e inventadas do interior de Portugal, dos campos próximos à aldeia, onde trabalhara desde pequeno. Enquanto Virgínia se dedicava às pequenas, ele levava os mais velhos para a cama, voltando para o lado dela no fim do dia.

Trabalhava duro e, à sua maneira, era feliz. Aos trinta anos, tinha tudo o que um homem poderia querer, ainda que faltasse um conforto a mais na casa simples, preocupações de menos no salão que abrigava a mercearia, talvez alguma sobra para agradar a mulher e os filhos. Procurava ser justo. Para ele, a vida era aquilo: respeito, compreensão, dedicação. Acreditava que, com paciência, as coisas iriam melhorar. Lembrar de Portugal o deixava saudoso do passado e do futuro. Sabia que não voltaria ao país em curto prazo, menos ainda antes do fim da guerra. Precisava economizar para manter a família, a casa. Quem sabe, com os meninos crescidos, poderia rever sua terra.

O apito do bonde despertou Virgínia. Logo estariam em casa. Lampejos de sua vida com Antonio se sobrepunham uns aos outros, desordenados. A primeira palavra, a cor da camisa, o vestido usado no dia da corrida na calçada para alcançá-la, o susto ao dizer sim, a receita do prato de família, a mesa posta, a gravidez do primeiro rebento, o choro da filha mais nova, o vento das noites de verão, o relógio na madrugada. O ponto final. O tempo fora submetido à ligeireza trágica do acontecido. Não houve chance de rebelião. Restou somente um descompasso que Virgínia não reconhecia. O pulsar do sangue de Antonio nas veias dos filhos, obrigando-a a continuar.

 Virgínia chamou os meninos. Desceram do bonde. Desde o início da semana, quando a saúde de Antonio entrara em colapso, Isabel a ajudava a cuidar da casa e das crianças, em especial das menores. Ela preparou o almoço enquanto Cecília e Laura dormiam. A movimentação da noite anterior deixara as meninas irritadiças, chorosas. Ao chegar, Virgínia sentiu-se acolhida pelo cheiro da comida fresca. Mãe e filhos tinham fome. Nada, porém, apetecia. José, Marília e João sujaram o prato, levando poucas colheradas em direção à boca. Um punhado de arroz, pirão e peixe serviram a todos.

 Esboço de refeição acabado, Isabel começou a retirar os pratos.

 "Deixe as coisas na mesa, Isabel. Vá descansar."

 Virgínia jamais esqueceria o que ela fizera. Nada pagaria sua amizade e dedicação. Nenhuma delas intuía a origem nem a gravidade da doença. Desconheciam o período de contaminação, incubação e ápice. Flertavam com o risco. Não poderiam imaginar que a gripe, diferente de um resfriado, pudesse ser fatal. Sequer sabiam essa diferença. Virgínia tinha obrigação de cuidar de Antonio, como fez da melhor maneira possível. Isabel não. Vivia com a mãe em uma casa próxima. Vira as crianças nascerem e estava sempre por perto. Era como uma irmã mais nova a aprender com a inexperiência de Virgínia, a forma como ela inventava a banalidade dos dias. Antes de ir embora, ofereceu-se, mais uma vez, para o que fosse preciso. Virgínia ensaiou sem sucesso um sorriso e agradeceu. Isabel partiu.

A tarde principiava. Virgínia não imaginava como contaria sobre o pai para Cecília e Laura, de quem não seriam capazes de lembrar. Colocou os garotos e Marília em suas camas, tão cansados, assustados que estavam. Cerrou as cortinas, rompendo as luzes da tarde que avançavam janelas adentro. Com um travesseiro, acomodou-se em uma poltrona, próxima aos berços das filhas menores. Fechou os olhos e percebeu que a noite anterior, que parecia infindável, acabara. Sentiu a umidade de sua pele misturando-se ao tecido da fronha. Não queria acordar os filhos. Não queria mais acordar. Adormeceu sem perceber. Como um homem sadio como Antonio podia adoecer e morrer em poucos dias, menos de uma semana?

Quando Laura começou a chorar, a mãe despertou. Pegou-a no colo para dar de mamar. Com meses de vida e os olhos borrados de sono, a menina sugava o leite sem deixar escapar uma gota. Em breve, as luzes das ruas se acenderiam. O corpo de Virgínia doía. Precisava trocar os lençóis da cama de casal, leito de morte de Antonio. Duvidava que conseguisse permanecer naquele quarto, naquela cama. A solidão somava-se aos espinhos da memória que ali restara. O corpo do marido vergado pela febre, os olhos vermelhos, os braços entorpecidos. O médico que nada de diferente detectara além de um resfriado, como outro qualquer. Um mal-estar agudo. Logo passaria. Não precisava se preocupar. Ele era forte, devia ter pegado um vento de sobressalto, sem proteção. O torpor da noite do velório. A criança no peito alertava Virgínia para o redemoinho da vida. José perdendo aulas do primeiro ano. Marília e João que passavam o tempo brincando em casa, na venda e, dali a pouco, teriam de ir para a escola também. As necessidades de Cecília, cujo bracinho findava no cotovelo. O cotidiano da casa. Seria ela capaz de educar os filhos para virarem gente honesta, de caráter? Pisava descalça no abismo. Tinha de ser forte. Demonstrar uma solidez que desconhecia. O medo, guardaria para si.

Instantes depois, os outros acordariam e, como a bebê, teriam fome. Laura acabara de mamar. Virgínia carregou-a no colo até a cozinha. A comida do almoço os alimentaria no jantar. Precisava de pão e leite para a manhã seguinte, sexta-feira, quando José iria para a escola pela primeira vez naquela semana. Preparou-se para arrumar a mesa. A perda de Antonio se materializava nas pequenas coisas: o número de pratos e talheres não seria mais o mesmo, a cadeira na cabeceira permaneceria vazia, as histórias de além-mar, verdadeiras ou não, deixariam de avivar a imaginação das crianças. José surgiu na porta do cômodo. Seu rosto revelava-se mais maduro do que era na realidade. Aproximou-se da mãe, dando-lhe um beijo antes de atender ao pedido de chamar os irmãos. Ela mirou os olhos do filho vendo neles um brilho livre de inocência e alegria, como se o menino que ali existia tivesse desaparecido. Firmaram um pacto sem palavras. Um pacto de amor e proteção mútua. Em minutos, Marília e João se sentariam para jantar. José acomodara-se ao lado de Cecília para lhe dar de comer. A cadeira vazia chamou a atenção das crianças.

Virgínia repetiu a cantilena das mães para que os filhos comessem. Eles mal tinham se alimentado durante o dia. No entanto, a dúvida se sobrepunha ao apetite. As crianças se entreolhavam. Marília e João alternavam as perguntas.

O que ia acontecer com eles? O pai iria voltar? Onde ele iria morar? E se tivessem saudade? Eram todos tão novos! O que ela poderia dizer? Não queria deixar transparecer a voz embargada. Engoliu o choro que obstruía a garganta antes de dizer palavra. O pai continuaria a amar cada um. Mesmo se não pudessem vê-lo, ele estaria lá, no céu, onde tinha ido morar, cuidando de não deixar ninguém sofrer. Marília olhou a janela aberta para a noite. Mesmo se o céu estivesse escuro? Nos dias de chuva e trovão? Virgínia reuniu as crianças em um abraço infinito. Duas gotas salgadas trincaram o rosto de João. Mesmo com os olhos minguados, só Cecília tocara a comida. Não havia como insistir. Ela levou a louça para a pia. José, Marília e João sentaram-se no chão da sala e, sem conseguir brincar, permaneceram calados. As pequenas adormeceriam em breve.

José precisava voltar para a escola no dia seguinte.

"Filho, separe suas coisas para não se atrasar: o uniforme, os livros."

Enquanto os meninos tangenciavam a primeira noite sem o pai, ela pegou um caderninho para tomar notas. Tudo o que precisaria fazer em casa, alguém para olhar as crianças enquanto estivesse no armazém, hora de comer, hora de dormir, contas para pagar, aprender a cuidar do dinheiro, descobrir o quanto tinham. Estranhava a ideia de ser ela a protagonista de sua vida, sem a chance de negligenciar aquele papel.

Não havia ninguém para ajudá-la. Catarina, sua mãe, morava em um bairro distante da casa e cozinhava para sobreviver. Já não tinha forças para o serviço doméstico, que diria para zelar pelos netos pequenos. Doíam-lhe as costas, as pernas. Ernesto trabalhava na administração do porto. Serviço bom. Não haveria como contar com ele.

Os irmãos de Antonio tinham deixado Portugal, a exemplo do mais velho. Portugueses, italianos, espanhóis vinham ao Brasil em busca de oportunidades. Seguiam para São Paulo ou para as fazendas de café no interior do estado. Em Santos, os conhecidos de Antonio só pensavam em botar uma pá de cal na penúria da vida na Europa.

Mariano chegara em 1912, quatro anos após Antonio; Amaro, no final de 1914. Apesar das dificuldades, Antonio jamais negou ajuda aos irmãos. Ao contrário, ofereceu teto e trabalho até que arranjassem meios de sobreviver. Apresentou pessoas. Para ele, não se tratava de obrigação, mas de responder a seu próprio sentido de família. Aos poucos, os dois tomaram rumo. Mariano casou-se e era pai de um menino. Virgínia e a cunhada nunca tiveram proximidade. Havia um estranhamento, uma desconfiança que ela não podia ignorar. Quando Antonio morreu, Amaro, o caçula, ainda era solteiro. Porém, nunca se mostrou gentil. Era irônico, arrogante, como se vivesse no mundo dos que não precisavam acordar no escuro para trabalhar. Para Virgínia, Antonio se importava mais com os irmãos do que o inverso. Não que houvesse brigas. Eles apenas não demonstravam nem retribuíam a confiança que o marido dela lhes dedicava. Não exprimiam gratidão. Deles, Virgínia preferia manter distância. Como, então, contar com sua ajuda?

Ao registrar as necessidades imediatas, Virgínia começava a enfrentar um dos seus maiores desafios: conciliar o trabalho da casa com o trabalho no armazém. Quando acabava a rotina doméstica, costumava descer as escadas para limpar a mercearia. Acompanhava de longe, as atividades de Antonio. Não conhecia as contas, de quem o marido comprava os produtos, quando e quanto pagava por eles. Isso não cabia às mulheres. A partir dali, teria de se esquivar da pena alheia, sobretudo dos que pensavam que mulher não servia para os negócios. Sem contar os possíveis aproveitadores.

A loja permanecera fechada desde o último sábado. Naquela quinta-feira, prestes a se tornar passado, ela enterrara seu marido. Abriria a mercearia na manhã seguinte. Todo o sentimento que pautara seu coração desde o fim da semana anterior até a noite do velório teria de esperar.

Madrugada. Em instantes, as cores da primavera adentrariam a penumbra do quarto. Antes disso, Virgínia teria de estar de pé. Adormecera sobre o pequeno caderno, onde registrara não as lembranças de um passado sem aventuras, ou a aflição das últimas horas, mas as providências de uma vida ainda ignorada.

Criada em família simples, educada para casar e ter filhos, não poderia supor que teria de tomar as rédeas da própria vida sem dispor de conselhos nem amparo de um homem. Virgínia transpunha os dias incógnita, zelando pela essência desimportante do cotidiano. Casa limpa e arrumada, comida de se guardar na memória, crianças aprumadas, marido merecedor de descanso após a labuta. Não podia negar aos outros as vontades. Não exigia desfrute e isso não a incomodava. Cuidava das gentes e de suas precisões. Pouco se lembrava de si. Talvez fizesse mesmo questão de esquecer.

O presente, radicalmente transformado, obrigava-a a romper com valores que não caberia mais aceitar. Não poderia ficar em casa eximindo-se de ganhar o sustento. Tinha de prover a si e aos filhos. Não permitiria que todo o esforço de Antonio escoasse como água na correnteza. Cabia-lhe uma única certeza: não se abandonaria ao sabor dos obstáculos. Quando Antonio morreu, mulher não costumava assumir lugar de homem nem se expor atrás de um balcão de mercearia. Isso não valeria para ela.

O ar quente arrastava-se pelas ruas. Adultos e crianças trajavam linhos e algodões claros para suportar o calor. Virgínia, ao contrário, atravessaria a estação com o único vestido negro de que dispunha. Até comprar uma segunda veste, ele recobriria seu infortúnio nas horas de luz e, à noite, seria lavado em água fresca. Os filhos pequenos estampariam sua condição de enlutados com uma faixa preta nos braços, sobre a roupa. Pressionada a retomar o cotidiano, ela sofria por não poder guardar luto nos dias que se seguiriam. Ansiava pelo silêncio. Não o teve.

Levantou-se da cadeira. Corpo enrijecido. A dor física mesclada à dor da perda.

Foi até o quarto das crianças e olhou com ternura a delicadeza de Laura, que ressonava no berço. Três camas e outro berço, mais antigo, aconchegavam os irmãos mais velhos e a pequena Cecília. Com um sussurro, chamou José, deitado próximo à janela.

"Acorda, filho. Está na hora de ir para a escola."

O menino não respondia. Onde estaria o desejo de encontrar os amigos? José não recuara na observação dos acontecimentos. Esteve atento à aflição da mãe, ajudando-a o quanto pôde na noite do velório. Ignorava a experiência do luto. Seu coração de criança reconhecia apenas um gosto acre a troçar-lhe o âmago, um soluço atado à garganta seca, sua consciência aviltada por uma peça do destino. Naquela manhã, ao acordar, a escola não significava nada para José.

Sentia-se intranquilo. Duvidava entre o desejo de fugir e o ímpeto de abandonar-se à imaginação e aos sonhos, adiando o despertar.

As letras, os números, a professora com seu afeto rigoroso, seus vistos delineados nos primeiros cadernos. Os garotos espertos nas contas, na bola e no pegador, tão rápidos como se fizessem da escola uma extensão da praia. As meninas enredadas em cantigas e cirandas, pulando do inferno ao céu nos jogos de amarelinha. José sentia ter perdido o direito àquela alegria, típica da infância e de suas revelações. A nitidez do mundo tinha sido borrada. A escola e o universo que a circundava em nada refletiam sua dor de órfão de Antonio. Uma agonia em que a dimensão da ausência repentina do pai ainda não brilhava em toda sua potência. Verdadeira e inominável. José doía por Virgínia. Abriu os olhos e lembrou-se de sua cumplicidade de primogênito na noite anterior, quando se esforçara para não chorar os olhos fundos da mãe na mesa de jantar.

"Acorda, filho!", chamou ela, mais uma vez. "Veste a roupa e vem tomar café. Vou pegar uns biscoitos de polvilho na venda para você comer. Tem maçã para levar... Corre, senão vai perder o sinal!"

José se sentou na cama, sentiu o abraço da mãe. Trocou a roupa e saiu.

Virgínia fez café e chamou as crianças. Deveria abrir o armazém às oito. Alimentou os filhos, carregou as menores nos braços enquanto João e Marília desciam as escadas. Colocou no chão um tapetinho. Sobre ele, um lençol e dois travesseiros para proteger Laura e Cecília. Delimitou um canto, ao fundo do armazém, próximo às escadas, para as brincadeiras dos outros dois. Abriu as portas.

O movimento nas calçadas era grande. Os homens se dirigiam ao trabalho, mulheres e crianças tratavam de resolver seus afazeres. Dois vizinhos a cumprimentaram. Antes de descer, ela pegou a chave do caixa. Precisava saber manipular a máquina. Experimentou as teclas e o abre-fecha da gaveta, onde estava guardada a lista de preços. A maior parte das mercadorias era vendida a granel. Potes armazenavam os mantimentos que podiam ser pegos com colheres grandes e colocados em sacos de papel de tamanhos diferentes, à disposição dos compradores. Ao lado do caixa, uma balança de metal assinalava o peso, determinando o valor a ser pago pelo freguês. Nervosa, com caneta e caderneta à mão, ela arriscava-se no aprendizado do mundo masculino sem abdicar do que lhe cabia como mulher.

"Bom dia, senhora."

Estranhando a presença dela no balcão, a freguesa desconhecida respondeu ao cumprimento.

"Preciso de dois quilos de arroz e meio quilo de açúcar. Vou levar ovos também."

Dois sacos grandes, um saco menor. Para os ovos, a mulher trazia uma cesta de arame apropriada. Virgínia separou uma dúzia para entregar à cliente. Olhou os preços no caixa, anunciando-os. Cecília choramingava baixinho. Marília e João ensaiavam uma brincadeira. A freguesa abriu a bolsa e pagou. Atitude corriqueira. Nada haveria ali de especial. No entanto, receber as moedas e devolver o troco à mulher constituía um marco na travessia da viúva de Antonio.

Até o meio-dia, fregueses fizeram seus pedidos. Ela os atendeu a todos. Olho no armazém. Olho nas crianças. Olho na balança e no caixa. O nervosismo a fez esquecer a timidez, embora as palavras e o comportamento denunciassem a falta de traquejo. Tentava lembrar o marido, como ele puxava conversa com os outros. Perguntava da família, falava do calor, do clima capaz de afetar os preços ou provocar a falta de alguma mercadoria.

Ela oferecia um bom-dia, perguntava à freguesia o que desejava, agradecia a preferência. Armazém, crianças, balança e caixa martelavam sua cabeça não necessariamente nessa ordem.

Ao meio-dia, fechou as portas. Uma placa pendurada na porta anunciava o horário do almoço. Ligeira, ela subiu as escadas com as crianças. Colocou a comida, preparada ao amanhecer, nos pratos, amamentou a menor e comeu. Respirou. José logo chegaria da escola e poderia olhar Marília, João e Cecília em casa enquanto ela manteria a bebê junto de si na mercearia.

Treze horas, portas reabertas. Uma vizinha entrou na loja e deu-lhe os pêsames. Até às cinco, o movimento foi semelhante ao da manhã. Cumprimentos, pedidos, o choro de Laura, a tensão de não saber. Evitava pensar no que poderiam dizer dela. Sabia que, para alguns, nem a viuvez e a necessidade de criar os filhos justificariam a ousadia de trabalhar. Ao fechar a loja, provou um sentimento breve de superação. Experimentara, com coragem, o que julgava ser o primeiro de muitos dias. Subiu as escadas sorrindo, sem se dar conta. Em casa, olhou o entardecer pelas janelas abertas e chorou.

★★★

Nos passeios com mamãe ao centro da cidade, quando pequena, eu elegia pessoas observando-as como se estivessem em um filme em que as personagens se esbarram, ignorando o peso do destino de umas sobre as outras. Queria captar suas expressões, dar-lhes sentido, sem me prender à instantaneidade do tempo que transformava os indivíduos em passado. Tentava desvendar-lhes os segredos. Observava os cabelos com fios ora brilhantes, ora esmaecidos. Os modos de andar. Os passos urgentes de uns e a capacidade de se perder entre as atrações e os infortúnios da cidade. Na calçada, sobre uma mesa improvisada, uma mulher oferecia aos trabalhadores café e leite, mantidos em garrafas térmicas provavelmente desde a madrugada. Na portaria de prédios antigos, moças humildes, uniformizadas, cabelos penteados com laquê, esforçavam-se para demonstrar educação ao atender visitantes nem sempre amáveis. Nos bancos, diante de clientes impacientes, meu coração de menina desejava vislumbrar o que haveria de humanidade capaz de ultrapassar o vínculo tênue entre os burocratas e os que perdiam sua alegria nas filas. Em meio ao burburinho, a cadência das passadas submetidas à espera me escapava. Para onde iam as pessoas sujeitas ao desconforto dos calçados gastos? Poucas podiam desfilar sua elegância sem sofrer. Os engraxates permaneciam à disposição dos homens para descansos breves, cigarros. As mulheres mantinham-se atentas às ofertas do comércio, ao horário, aos trombadinhas. E os meninos? Quantos em todas as esquinas. Donos da rua, espertos, senhores do abandono que acometia suas vidas expostas aos passantes. Diferente deles, crianças como eu podiam desfrutar das imprudências da idade. Eu tinha direito de errar. Poderia fazer escolhas e voltar atrás. Tinha quem me protegesse. Naqueles momentos, só pensava nos alunos de mamãe. Quando meu olhar se chocava com os olhos de um menino, meu desejo de nele mergulhar, minha vontade de saber como era viver a vida dele, se acanhava. Eu tomava fôlego para não sufocar com o que não compreendia. Tinha medo do que eles pudessem sentir. O que separava minha vida da deles. Mamãe dizia para eu prestar atenção na bolsa, nas sacolas, nos faróis, nos automóveis. Eu jamais teria a esperteza de um menino na rua, mas devia estar alerta diante de possíveis investidas deles contra nós, o que nunca aconteceu. Próximo à praça da Sé, São Francisco dava nome à igreja, ao largo e à Faculdade de Direito, de onde mamãe guardava lembranças do que nunca tinha sido.

Não sei quando começou. Um invólucro atemporal, asfixiante. O anseio de alcançar a quietude e de livrar-me dela. O desejo de dissolver a solidão. A impossibilidade de nomear os sentimentos, de falar. Não me lembro de trauma para justificar tal desalento. Lembro apenas dos dias em que chegava da escola e avistava os cacos de cerâmica vermelha do quintal, onde formas imaginárias me arrancavam prantos. Lágrimas lívidas incapazes de atenuar minha agonia. Eu chorava o estranhamento que me assolava, a falta de autocompreensão. Perto dos muros, mamãe insistia em manter vasos com flores, que teimavam em morrer, deixando-a frustrada diante de sua inabilidade com as plantas. Quando notava as lágrimas borrando meu rosto, ela me oferecia o colo e repetia a pergunta de sempre: o que aconteceu, Beatriz? Eu não respondia. Não conseguia inventar desculpas, relegando meu desconsolo a um tombo, a uma briga de criança. Seria tão mais fácil. Ela me deixava por alguns segundos em busca de guloseimas capazes de me alegrar. Os doces não curavam, mas apaziguavam a incompreensão que eu tinha do desconhecido.

Mais tarde, adolescente, mesmo que pudesse atribuir aquela sensação à saudade de alguém, a algo que se rompera ou jamais tivesse se realizado, um amor platônico, por exemplo, ainda assim eu não saberia nomeá-la. O açúcar ludibriava a tristeza, mas, passado o abrandamento imediato que propiciava, era a melancolia que me açoitava o peito.

Mamãe não se deixava entreter por sentimentos nebulosos, explicações incapazes de vincular um sintoma a uma causa, um choro barato. Para ela, as coisas tinham de ter concretude e um mínimo de sensatez. Por isso, embora procurasse me animar e compreender aquele desarranjo, pouco conseguia tocar no que, de fato, me afligia. No entanto, minha melancolia jamais despertou nela escárnio ou desprezo, embora a hipótese de se tratar de uma doença não fosse, nem de longe, cogitada. Havia gente alegre e havia quem tivesse razões para nublar. Com certeza, não seria esse o meu caso. Nada me faltava. Eu tinha comida e carinho. O que mais poderia querer? Não fazia sentido buscar médico para ouvir uma amargura infundada.

Eu não tinha irmãos. Mamãe era filha única e papai não tinha sobrinhos. Não havia ninguém da família para brincar. Na escola onde mamãe trabalhava, crianças pobres e remediadas conviviam sem que as diferenças sociais as separassem. Ela tinha sobre os alunos a autoridade dos que são queridos e respeitados. Quando passei a estudar lá, dizia que os limites da minha liberdade esbarravam nos direitos dos outros, sobretudo se estivéssemos dentro dos muros da escola. Filha de professora, eu convivia com o ciúme de outras crianças. Às vezes, até com um quê de maldade. Era comum tropeçar em pernas que surgiam à minha frente, sem sobreaviso; receber empurrões disfarçados e boladas propositais, ver meus lápis sumirem até achá-los escondidos ou jogados em um lugar qualquer na sala de aula ou no pátio. Eu precisava me autovigiar, ser exemplo para outras crianças. Não podia reclamar à toa. Mamãe estava por perto o tempo todo enquanto os outros passavam o dia longe dos pais. Aos poucos, minha timidez, somada a essas picuinhas, fez com que eu substituísse crianças por livros, cujas personagens se tornariam minhas companheiras ou as vilãs contra as quais eu me empenhava em lutar mesmo que fosse na imaginação. Passava os intervalos das aulas na biblioteca. Reclamava do tempo exíguo para escolher novos títulos. Ao longe, ouvia o burburinho dos alunos, as risadas no pátio. Os livros me preservavam, evitando que me expusesse às aventuras típicas do amadurecimento. Mamãe, sem perceber, reforçava esse cerco invisível. Porém, longe de resfriados prosaicos ou males de menor impacto, de uma hora para outra minhas forças começaram a escapar. Deixei não só de reagir, como de agir diante de acontecimentos banais. A mudez foi se consolidando ao meu redor. Adoeci.

Aos quinze anos fui ao psiquiatra pela primeira vez. Mamãe e eu entramos no consultório. O médico sisudo me causou desconfiança. Ele nos convidou a sentar. Com voz invernal, perguntou o que nos levara até ali.

"Não sei o que minha filha tem, doutor. Não sai de casa para nada. Vai à escola por obrigação. Não conversa. Não tem amigos. Come cada vez menos. Nem sei se dorme direito. Às vezes, eu a pego chorando pelos cantos. Pergunto o que ela tem e não tenho resposta. Passa dias trancafiada no quarto. Às vezes lê e nada mais. Eu jamais condenaria alguém por isso. Sou professora. Sei da importância. Mas parece que a Beatriz vive em outro mundo. Ao invés de um sorriso, é a angústia que vejo no rosto da minha filha. A angústia, doutor."

"Beatriz, o que você me conta sobre isso?"

Permaneci calada. Queria que ele me examinasse como qualquer médico costuma fazer: auscultasse meu coração, procurasse sinais de anemia nos meus olhos, testasse meus reflexos, apertasse meu braço com o medidor de pressão. Porém, ele virou-se para mamãe pedindo que nos deixasse a sós. Ela assegurou que não interferiria na consulta. Ele não precisava se preocupar. Eu era muito jovem, talvez não soubesse explicar o que tinha. A voz dela ecoava em meus ouvidos. A repetição das dúvidas, o disco riscado. Como podia responder em meu lugar sobre o que eu sentia? O médico sorriu. Levantou-se para conduzir mamãe até a saída.

"Daqui a pouco, eu a chamo de volta, dona Teresa."

Enquanto ele fechava a porta do consultório diante do rosto transtornado de mamãe, comecei a gostar do sujeito disfarçado de casmurro.

"Então, filha, como se sente?"

Ele me olhava demonstrando interesse genuíno no que eu poderia revelar. Mas, o fato é que não havia nada além do que mamãe já dissera. Ela traduzia, na minha ausência de reações, o que eu não sabia explicar.

"Agora é sua vez, Beatriz. Pode dizer o que quiser, mesmo que pareça não ter sentido."

Eu desviava o olhar em busca da claridade do outono. Da janela, o céu azul, as nuvens invisíveis. As pessoas trabalhariam mais algumas horas antes do anoitecer. As cores da tarde passariam despercebidas, forjando o vazio nos espíritos desgastados por imposições cotidianas. Eu temia perder as tardes sem revolver a fundo os desejos que moviam minha vida, embora não tivesse a menor clareza sobre isso naquele momento.

"Beatriz?"

Se hoje eu tivesse de expressar o que disse a ele nesse dia, não poderia escapar de mencionar uma tristeza contumaz. Um sentimento de clausura e estranhamento corroía minhas emoções qual um vaso estilhaçado, cujos pedaços eu não conseguia juntar. E, mesmo se conseguisse, nunca alcançaria de volta a perfeição. Uma vida opaca, sem cor. Não havia chama nem luz. Não importava o momento, o lugar, eu vivia em meio à bruma, à espera da eclosão da tempestade que se firmava por dentro, por fora. Chorava muito. Não precisava motivo. Era como acordar de manhã cedo. Nenhum segredo a esconder. Eu olhava a rua, as pessoas. O desassossego me tomava sem que eu pudesse resistir. Lembraria do dia em que mamãe pôs fora um aparador de madeira. Tão bonito. Comido por cupins. No canto da sala, onde ele ficava, exibíamos fotos: minha vó Cecília, o casamento dos meus pais e eu, pequenina. Mamãe varria a sala quando se deparou com um punhado de pó escondido atrás do móvel. Ela me contou que os cupins podiam destruir uma casa, em silêncio, sem ninguém perceber. A tristeza, para mim, era igual a esse pó. Meu corpo era o móvel, carcomido aos poucos, sem ruídos, de maneira ininterrupta até deixar de existir. Me faltava ímpeto, vontade. Era como ver um filme em câmera lenta. Nele, eu levava dez minutos para dar uma piscadela. Toda minha energia se esvanecendo como uma tolice. Exaustão. Meu esforço não valia nada. Daí o nó, a vontade de chorar. Não conseguia explicar nem entender. Não queria ver, ouvir, falar com ninguém. Os outros iam querer explicações e eu não tinha o que explicar.

"Como é na escola, Beatriz?"

"Mamãe não me deixa faltar. Sempre gostei de aprender as coisas, de estudar. Mas, preferia não ter de ir à escola, ver pessoas, todos os dias. Não é que eu não goste delas. É que me perguntam coisas que não consigo responder. Não é que eu não saiba. Eu sei, mas fico aterrada quando alguém se aproxima e puxa conversa. Me perco, dou respostas tão sem sentido que nem sei de onde vêm. Às vezes, chego a ser estúpida, tamanho o nervosismo. Aí, a pessoa não entende e vai embora. Nessa hora, me dá alívio, mas também frustração, porque sei o que vai acontecer: ninguém mais vai chegar perto de mim, vão me evitar e eu vou continuar sozinha. Aliviada e sozinha."

"E no corpo, você sente algum incômodo físico, alguma dor?"

"Desde menina, ouço falar das almas. Minha vó Cecília sempre rezava e acendia velas para as almas, os espíritos dos mortos, sabe, doutor? Ela rezava para eles descansarem e ficarem em paz. Não sei se eles existem nem se acredito. Mas, se existir alma, é nela que mora minha dor. Não me falta nada. Tenho pai e mãe. Tenho tudo de que preciso e essa agonia, essa faca fincada no peito."

"Você tem medo do quê, Beatriz?"

Eu já não queria falar. Ele insistiu.

"Meu medo é essa tristeza não me deixar. Virar um vulcão sem lavas. Um fogo morto, menos que esquecido. Tão apagado como se nunca tivesse existido. E se nunca existiu, como eu poderia me livrar dessa vontade de chorar que, de tão grande, parece invenção, loucura?"

"Alguém já chamou você de louca?"

"Não. Mas sei que desconfiam dessa estranheza toda. Na

escola, não me chamam de louca por causa da minha mãe, que é professora lá. Mas isso não traz ninguém para perto de mim."

"E seus amigos? Me fale um pouco sobre eles?"

A tarde envelhecia. Eu era tão moça e nem percebia o quanto aquela juventude me era impalpável. Os sentimentos incompatíveis com o corpo. Uma ausência de alegria. O desejo de não escapar ao silêncio. Ao contrário, de me proteger sob seu véu. Eu não queria responder perguntas. Consenti em fazê-lo mais por mamãe que por mim mesma. Minha seiva se esvaía. Eu escutava a cidade se movimentar pela réstia de vidro aberto ao lado da mesa do médico. Às vezes, percebia uma voz longínqua, um chamado. O motor dos carros ligados. O consultório no andar alto acolhia mais que espantava os ruídos. Lampejos rosa-alaranjados rompiam no céu. O que eu diria dos meus amigos? O silêncio era meu único amigo e, embora também me apartasse das pessoas, eu sabia que a amizade não se revelava exclusivamente pela troca de palavras, mas, sobretudo, pelo cultivo da voz do outro nos ouvidos. De repente, reparei nos olhos do médico pousados em mim. Pareciam ser pacientes. Nuvens miúdas estampavam o céu.

"O que você gosta de fazer? Com o que você se distrai?"

Eu o olhei. Minha cor, minha música preferida? O que eu gostava de fazer? Não sei o que soava mais duvidoso: amigos ou preferências? Não tinha nenhum deles. Estar nos lugares e conviver com as pessoas exigiam um esforço contínuo, que minava qualquer outra experiência que eu pudesse ter ao mesmo tempo. Eu tinha de prestar atenção nas atitudes, em informações, nos detalhes das coisas e seus desdobramentos. Era um estado precário de sobrevivência com o qual eu me via obrigada a lidar sem dispor de instrumentos. Pensando bem, havia apenas uma coisa. Na escola, meu lugar preferido era a biblioteca. Gostava de estar lá e desfrutar do imaginário de autores e das personagens. Quando lia, conseguia controlar os acontecimentos. Controlar o ritmo, o tempo para desvendar as coisas. O tempo dos acontecimentos. Se não gostasse da história, de uma personagem, fechava o livro e procurava outro. Ninguém ia me julgar por aquilo. Os livros não julgavam ninguém.

O doutor Henrique saiu da sala por alguns instantes. Trouxe mamãe quando voltou. Pegou o receituário, preencheu-o com a medicação. Esse remédio vai ajudar você a conviver melhor com o que a incomoda, Beatriz.

★★★

Entardeceu sem que eu percebesse. Em breve, as luzes da cidade ofuscariam o fulgor das estrelas. Os resquícios da vida de Virgínia nada diziam de Antonio. Ocupavam-se, sobretudo, do relato das necessidades e travessuras de Teresa para Cecília. A penúria em que viveram minha bisavó e seus filhos não constituía novidade. Ao contrário, tinha se estendido para a infância e juventude de mamãe. No entanto, nenhuma palavra restara da intimidade de Virgínia, como se ao amor coubesse tão somente o silêncio da ordem privada das coisas, a emoção cujos vestígios sobre corpo e alma permaneceriam emudecidos. Teria ela perdido seu grande amor? Em minha versão do que poderia ter sido sua vida, a solidão que amparava seus passos esbarrava em meu próprio vazio e o fazia crescer.

Depois de horas, me desvencilhei da cadeira na sala de jantar, abandonando os papéis. A fome me rondava com vagar. Surpresa, notei que tinha abandonado o hábito de cozinhar por horas dilapidadas no escritório. Minha fuga se consolidava em torno de falsas urgências. Na geladeira, os alimentos me encaravam à espera de que eu os apreciasse antes de estragar. Dali, resgatei umas poucas folhas verdes, tomates e cenouras para ralar. Cebola, azeite, sal e vinagre regaram a refeição disposta em um prato. Tive preguiça de cozinhar batatas ou algo equivalente. Uma lata de cerveja esquecida pousava sobre mim um olhar fixo. Abri-a em troca de um gole da bebida amarga. Caminhei até a sala com copo e prato na mão. Se mamãe fosse viva e lúcida, não me permitiria ir até o sofá, obrigando-me a me restringir à mesa. Por um instante, a atmosfera imutável da casa estremeceu. Sentei e me deixei ficar.

Terceiro dia

Abri os olhos. Não me lembrava da última vez em que dormira na casa de mamãe por dias seguidos. A percepção do amor de Virgínia por Antonio como algo impossível de ser revelado, de maneira fidedigna, me lançou à amargura. Eu queria compreender aquela perda sem me ater apenas à materialidade da sobrevivência, complexa por si só. Aos filhos e ao cotidiano daquela mulher traída pelo destino, como tantas outras, por razões incontáveis.

Durante a noite, me virei de um lado a outro da cama. Apaguei e acendi a luz do abajur. Garganta seca. Água. O silêncio falseado da madrugada em meus ouvidos. O latido de um cão. Miados irritadiços. O canto de nenhum pássaro. Um motor longínquo. Resisti a não olhar as horas. Os minutos longos latejavam em meu corpo. Eu tentava intuir a pulsação de Virgínia diante do marido morto, seu rosto fincado de lágrimas. As decisões imperativas solapando o luto. A intimidade sufocada para sempre invisível. Haveria alguma semelhança entre o luto de minha bisavó e a mudez que eu impusera a mim mesma quando amei pela primeira vez?

★★★

Manhã de janeiro, 1989. Abri o jornal. Meu coração batia em arrancada. Folheei as páginas indiferente às notícias. O mosaico de letras compondo os nomes dos candidatos. Apertei as pálpebras para apurar o olhar. Soltei um grito involuntário. Lá estava meu nome! Mamãe fez festa, cantou sem saber a canção, dançou sem se importar com os passos. Me abraçou, chorando. Pulou comigo de exaltação.

"Ligue para o seu pai, Beatriz! Parabéns, filha! Tenho muito orgulho de você!"

Li mil vezes a lista de aprovados. Com régua e caneta esferográfica vermelha, grifei meu nome, realçando-o na página. Tive a sensação etérea de não estar em lugar nenhum. Eu me descolara do passado e teria de aguardar o futuro, semeado de expectativas. Mamãe nunca tinha imposto ou projetado sobre mim seu desejo de ser advogada e, embora eu não pudesse me furtar a essa influência, aquele fato dava provas do caminho pelo qual eu devia seguir.

O ano começou. Eu acordava de madrugada e vestia a roupa separada na noite anterior. Mesmo deixando a cafeteira pronta para ligar, mamãe se levantava da cama e sentava-se à mesa, de camisola e penhoar, a caneca de café preto na mão. O sono e a pressa nos impediam de dizer algo que ultrapassasse a expectativa de um bom-dia sob a luz da aurora. Na rua, diferentes destinos me cercavam, muitos a menos de um palmo de distância, tantas pessoas acumulavam-se no ônibus e no metrô. Como na infância, a curiosidade que eu tinha pelos outros prevalecia, distraindo-me do sono matinal.

Aulas, professores. O ambiente da faculdade me fascinava. Também me causava insegurança. Não conhecia ninguém que tivesse atravessado as arcadas da São Francisco, seus corredores.

Logo, a biblioteca se tornou meu refúgio, sem mais representar um esconderijo, a possibilidade de uma fuga particular. Era o lugar onde me construía como estudante, como alguém capaz de enfrentar o mundo, de trabalhar. O lugar onde eu lia, revia anotações, registrava conceitos, explicações, nomes dos autores, leis e suas minúcias.

Costumava vê-lo ali. Estudávamos na mesma classe. Cumprimentos à distância. Um dia, eu caminhava em direção ao metrô quando o percebi muito próximo. A cada dois passos meus, ele dava um. Não precisamos nos acomodar um ao outro. Aos poucos, a caminhada ganhou ritmo próprio. As ruas cheias. Eu falava pouco. Ele não sabia. O silêncio me incomodava. Seria coincidência ou ele decidira manter-se ao meu lado? O silêncio se expandia. Ele parecia nem notar. Sorria de leve ao balançar a cabeça para o lado, olhando para mim. Eu queria partir, deixando-o para trás. Minhas pernas não obedeciam. Eu me esfalfava em busca de um assunto qualquer, um comentário sobre o tempo. As palavras calavam. Chegamos à estação. Descemos as escadas rolantes. Alcançaríamos as catracas sem dizer nada?

"Onde você mora?"

Respondi com alívio a pergunta. Devolvi:

"E você?"

Bilhetes inseridos para a cobrança. Transporte pago. A despedida acusou a oposição de nossos destinos. Ao pegar o trem, sentada ao lado de uma janela de onde só era possível enxergar a penumbra dos túneis sob a cidade, percebi que ele atiçara meus sentidos antes que eu pudesse me defender. O caminho se converteu em encontro diário. Nossos passos mais ajustados, vagarosos. As palavras brotando.

Defensoria ou Promotoria? O sonho da noite anterior, a moeda para o pedinte, o pão na chapa, o café que começava a viciar, a música, a política. Comecei a intuir nele a recíproca do que eu sentia: vontade de ficar perto, de não se separar.

Começo de dezembro, aulas prestes a acabar. Inventamos um piquenique. Ele pegaria o carro da mãe emprestado. Eu levaria toalha, comida e bebida. A ele, caberia a rede. Domingo, oito e meia da manhã, porta do metrô. Ele parou o carro. Dentro, abri o vidro do passageiro. Cabelos presos em um rabo de cavalo. Vento. A estrada matutina nos levou a um rio, nos arredores de São Paulo. Às margens dele, em aclive suave, estendia-se o gramado. Paramos. Ruas de terra e pó. Poucas casas. O silêncio rumoroso da natureza se dilatava ao som do sol. Ouça. Endireitei o corpo para aguçar os sentidos. Pios de pássaros, besouros zumbindo, folhas em movimento. No chão, flagrei uma trilha de formigas, privadas de descanso. Aqui, nunca estamos sós. Venha, vamos ver a cachoeira. Peguei o chapéu. Deixamos um rastro de nuvem vermelha sob nossos pés. O suor irrigava minhas têmporas, escorrendo pelo pescoço, por entre os seios. O calor me impedia de falar. Eu respirava fundo e sentia o ar emergindo boca afora, devagar. Os dedos dele tocaram os meus, formando uma trama em brasa. Uma das mãos moldando a outra em reciprocidade. Atravessamos as vésperas do verão até o atalho rumo à cachoeira. Ele abriu caminho na mata, onde parecia haver uma picada. Segurava firme a minha mão. Eu não largava a dele. Desviava dos galhos das árvores dispostos a me arranhar. Andamos por um tempo impreciso até a umidade demarcar as passadas no chão. Ele parou. Estávamos muito próximos. Por cima dos seus ombros, pude ver a torrente colidindo com as pedras, cobertas de musgo, formando uma piscina. Molhamos as extremidades do corpo a fim de equilibrar as temperaturas em choque. Enchi de água minha mão em concha levando-a em direção à nuca. Arrepio. Venha. Seguimos em direção à queda. A água talhava a pele, golpeando meus músculos tensos. Debaixo d'água, ele soltou a voz em um grito. Minha voz se converteu em eco.

    O frescor da cachoeira evaporava enquanto caminhávamos de volta. As roupas secando nos corpos. Os corpos resistindo ao sol. Eu tinha a impressão de que andávamos rápido. O calor, a caminhada, a cachoeira potencializavam a fome. A mão dele segurando a minha como se sempre tivesse sido assim. Ao retornar ao rio, peguei a sacola de palha trançada no carro. Estendi a toalha no chão, próximo à sombra de uma árvore. Peguei copos e bebida. Sentados ao redor da toalha, comemos. A calma entrecortada por palavras. Gestos simples tocados pela eternidade. A natureza e sua potência. A névoa de calor. Os bichos e seus ruídos. O tilintar do rio em movimento. Nossos olhares disfarçando encontros fortuitos. Aos poucos, as palavras investiram sobre o silêncio. A Faculdade de Direito. A justiça e seus contrários. Os ideais matizados de ilusão. Os poucos poetas que eu conhecia. Os filmes que ele amava. O engajamento político da família dele. O bairro distante onde eu morava. A vontade de domar o destino. As horas. Uma preguiça convidativa nos envolvia. O brilho do sol ainda não alcançara o abandono. Cabíamos os dois na mesma rede. Minha cabeça recostada no peito dele. Cabelo solto. Nossas pernas brincando de roçar uma na outra. Adormecemos. Naquele dia, os minutos perderam seus contornos. Quando despertei, vaga-lumes cintilavam sob a brisa do anoitecer. Ele ainda ressonava. Quando abriu os olhos, me vi no reflexo da escuridão. Tudo começou.

    Tenho muitos papéis em casa. Entre eles, um envelope pardo, com as bordas puídas. Lá dentro, tudo o que restou:

uma foto em preto e branco, outra do rio enevoado e duas versões de um mesmo poema, escrito para mim. Algumas cenas permaneceram. A primeira vez em que estive às margens do rio com Daniel. Era dezembro. Sol fulgurante. Na hora de partir, vaga-lumes. Na rede pendurada entre duas árvores, ele segurou meu rosto e me beijou tão logo acordamos. Lembro dos nossos lábios tremendo antes de se tocarem. A língua quente dedilhando minha boca entreaberta. A vastidão que antecipou nossa alegria. Num outro momento, no mesmo lugar, forramos o chão com uma colcha de algodão e fizemos amor na varanda de uma casa desabitada, a caminho da cachoeira. Ninguém à espreita além do sol. Ele parecia apaixonado. Quis tirar uma foto minha, nua, o corpo molhado de suor refletindo a luz. Não deixei, mas guardo comigo o encanto daquela lembrança. Daniel me fazia encontrar minha própria beleza. Eu, sempre tão quieta, tímida até. Com ele, eu ousava. Aquele amor me fortalecia.

A memória nos prega peças. Apaguei o instante da descoberta. Na rua, os carros passavam em frente ao prédio em que ele morava, desaguando na avenida arborizada. Na calçada, um telefone público mudo, um poste cuja luz não se acendeu. Começo de noite. Duas palavras permanecem latejando no desenho atroz do passado: você decide. Duas palavras em cuja sinonímia vi somente ruptura, abate, flagelo. Carros, buzinas, faróis, pedestres, árvores, silêncio e a repetição descompassada das coisas sem começo nem fim. O olho do furacão. As lavas carcomendo as raízes do amor que passava a dizer só de mim. O rio seco sob o cânion. A fissura do que fora um rio. Ele nada impôs. Me deu liberdade para escolher. Eu decidiria. Eu não queria decidir. Eu, decidir? Só? Bastava decidir. Ele acolheria. A decisão, não a mim. Eu não devia me preocupar. Ele daria jeito, contanto que eu decidisse. As palavras reverberavam altas, chocando-se. Um *thriller* de ação, violento e trágico. A bala na direção do protagonista. Câmera lenta. A bala atravessando a pele antes intacta. A bala, uma só bala, dilacerando o peito, o cérebro, o ventre. A vida se esvaindo. A minha vida. A vida em mim. Nosso fim, adiado em poucos meses, principiava. A morte nas mãos. Meu filho nas mãos. Você decide. Você. Há pouco descobri que não falei com ninguém mais. Nenhuma ponderação. Nenhuma experiência que me permitisse refletir. Imaginar que eu e o bebê poderíamos ser sem ele. Ninguém para suspender o irremediável. Para mim, nunca houve consenso, mas a síntese entre o susto e o abandono. Rudes. Incontornáveis. Porém, se ele engendrou a decisão tomada a fórceps, minha covardia não deixou de ter seu papel diante do moralismo, das fofocas eventuais, da família. Peso que avulta a culpa e não tem perdão. Não o perdão alheio. O meu.

Ele tomou as providências. A clínica de classe média. Recepcionistas educadas. Quadros com imagens serenas nas paredes. Pacientes aparentando dignidade. Quantos deles saberiam o que acontecia ali? Algum deles revelaria o meu segredo? Fomos chamados. Prepararam-me para a intervenção. Tirei a roupa, trocando-a por uma camisola higienizada. Aguardei na sala pré-operatória, deitada na maca. Conduziram-me ao centro cirúrgico. Luzes brancas repeliam meu olhar. A sala tinha o pé-direito alto. Azulejos pálidos à minha volta. Corpo posicionado. Pernas dobradas, abertas. Anestesia parcial. Instrumentos à mão. Talvez o procedimento tenha sido feito por uma mulher. Não sei. As paredes do útero raspadas. O toque áspero da cureta até findarem as células.

Jamais esquecerei a sensação de atrito. O gozo expurgado do meu corpo. De Daniel, nenhuma outra marca. Tudo rápido. Uma hora, duas. Nenhuma sequela física. Ao sair da sala, o imponderável se interpunha entre nós. Ele ficou ao meu lado. Tive náuseas. Vomitei. Vieram os remédios. Descanso. Duas noites no apartamento de um amigo. Breu.

Tento me lembrar da frase, do instante em que ele disse que havia outra pessoa. Não consigo. Lembro apenas dos olhos dele. Quando se ama, o olhar cala as palavras. Muda o brilho, a tensão. Vi esse brilho algumas vezes. Em uma noite sem luar, quando voltávamos da praia. Ele saiu do meu lado, postando-se à minha frente. Segurou meu rosto entre as mãos. Desenhou meus lábios com seus dedos finos. Grudou os olhos nos meus. Um raio distante fez luzir a atmosfera, anunciando que a chuva se aproximava. Outra vez, no Rio de Janeiro, o ardor tropical da Floresta da Tijuca refletia-se no quarto branco. Ele fazia cócegas para me despertar. Quando me virei, divisei seu olhar comovido, pouco antes do desfecho melancólico que tivemos. Eu não estava enganada. Sei que ele me amou.

Quinhentos e trinta e quatro dias tinham se passado desde o primeiro domingo daquele dezembro. Depois de cerca de sessenta dias do procedimento. Fim. Eu estava cega de dor. Mamãe evitava fazer perguntas. Eu não tinha nada a dizer. Em casa, comportamentos outrora usuais voltaram a tomar corpo. Não havia amigos, fome, sono. Emagreci. O choro convulsivo atrás da porta fechada do quarto ou sob o chuveiro ecoava sem que eu pudesse esconder. Mamãe tentava se aproximar. Sei que não queria avançar sobre mim. Até mesmo meu pai, que tinha se mantido mais afastado nos primeiros episódios de depressão que tive na adolescência, se empenhava em me agradar com chocolates e afagos amorosos, ainda que discretos, como de praxe. À noite, antes de apagar as luzes, mamãe entrava no meu quarto e acariciava meus cabelos. Quando meu corpo, próximo à parede, abria espaço, ela se aninhava junto a mim, me aquecia. Dosava a força do abraço com que me envolvia para que eu tivesse a certeza de poder contar com ela. Fratura, rasgo, expiação. Daniel. Nosso filho. Meu filho. Meu filho negado por Daniel. Desamor. Dupla rejeição. Meu consentimento diante do impasse em que ele me colocou. O avesso da acolhida. O avesso de qualquer hipótese de felicidade. Você decide. Decidi contra o meu íntimo, minhas entranhas. Nada mais importava. Nada deveria ter importado. O pior de todos os desenganos. Não havia mais amor. Meu filho. Não havia mais.

Nunca me permiti deixar coisas para trás. Antes do fim do semestre, cumpri o cronograma de provas e trabalhos da faculdade. Julho, 1991. Meu quarto, minha cama, janela fechada. O inverno despontava a céu aberto. O clarão azulado do dia. Mamãe me deixava descansar sem suspeitar do gosto de fel que me consumia a alma, os pensamentos. Não havia em mim mais nenhuma sombra de ingenuidade. A morte raptara as partículas de esperança capazes de me sustentar. O atrito da navalha no útero reverberava em minhas entranhas, minhas veias. As células se desprendendo sob a precisão do aço. Mortas. No lixo.

Mais uma vez, doutor Henrique pediu a mamãe que nos deixasse a sós. Ele já dispunha dos dados objetivos: a Faculdade de Direito, o provável fim de namoro com um rapaz que a família pouco conhecia.

"Desde que entrou em férias, ela não sai da cama, doutor."
"Os médicos mais velhos identificavam as doenças exa-

minando os pacientes, fazendo perguntas, ouvindo o que tinham a dizer. Hoje, Beatriz, ninguém ousa dar um diagnóstico sem ter em mãos exames de sangue, imagem e o que mais for preciso. Um bom médico deve reunir suas observações aos exames para apontar o problema e resolvê-lo da melhor forma. Porém, na minha especialidade, essa objetividade só não basta. Posso intuir o quanto você se esforçou para entrar na São Francisco, que superou suas próprias expectativas e isso a deixou feliz. Posso também presumir que está triste, pois se separou desse rapaz. Qual é o nome dele? Posso imaginar a falta que ele lhe faz. Mas não posso ter a dimensão desses fatos na sua vida sem você me dizer nada. Preciso saber o que você está sentindo, não só o que aconteceu."

Nenhuma palavra saiu dos meus lábios naquele dia, tampouco nos dias que se seguiram.

Mamãe estava em férias da escola. De manhã, ela entrava no quarto, abria a janela, as cortinas. Trazia uma bandeja na mão. Uma xícara de café com leite, duas fatias de pão, suco de laranja. Procurava recostar meu corpo na cama. Arrumava meus cabelos, o travesseiro. Eu via o desespero com que tentava demonstrar calma. Ela passava a manteiga no pão, cortava um pedaço com a mão levando-o até a minha boca.

"Coma, coma, filha. Só esse pedaço."

Fracassava com a xícara morna e o suco de fruta fresca. Um dia, trouxe dois canudos. Quem sabe, eu sugasse uns goles de bebida, tranquilizando-a. O doutor Henrique insistia que o remédio não deveria ser tomado de barriga vazia. Em vão. Mamãe colocava o comprimido no meio da minha língua com duas colheres de sopa de água. Cautela para eu não engasgar, para o comprimido descer pela garganta. Eu me deitava. Ela me cobria. A luz do inverno, seca e sem brilho, incomodava. No intuito de evitá-la, eu virava para a parede, olhos fechados. Não dormia. A navalha continuava a me arrepiar o ventre. O calor dos temperos de mamãe preenchia a casa. Sopas, caldos, carnes. Eu quase nada sorvia. À tarde, ela insistia em me levar para o banho. Tirava os cobertores da cama. Eu sentia frio. Ela me fazia sentar. Com os braços, enlaçava meu tronco carregando-me até o banheiro. Resfolegava. Não havia ninguém para ajudar. Eu não tinha domínio sobre o meu corpo. Eu não estava lá. No box, ela colocara uma cadeira branca, de plástico, onde me punha sentada. Mamãe me lavava o corpo. Eu me refugiava na água morna. As gotas de ar tingiam o espelho. Lembro de ouvir seu choro silencioso misturando-se ao som do chuveiro. Ela cuidava de me secar e vestir. Quando me devolvia à cama, me chamava baixinho. Volte, Beatriz. Volte para nós, filha.

"Temos de interná-la", determinou o doutor Henrique sem hesitar.

Mamãe era só pranto.

"Vamos entrar com soro até ela voltar a se alimentar. Enquanto isso, manteremos a medicação. Ela deve reagir em alguns dias."

Espetaram meu braço com uma agulha. Senti o líquido embriagar minha veia. Luzes brancas acesas. Eu não distinguia as vozes.

"Calma, Teresa. Ela vai superar."

Papai tocava meu rosto com doçura. Lembro de minha mãe cochilando na cadeira do hospital, ao lado da cama, por dias a fio. Os sinais vitais. A todo instante, alguém entrava no quarto para checar meus sinais vitais. Eu queria interrompê--los. Vivia à minha própria revelia. Via o círculo maculado de sangue girar. O meu amor era nada. O meu filho era nada. Eu não era mais. Eu jamais falaria daquela criança para mamãe. Ao doutor Henrique também não contaria. Menos ainda para meu pai. Nenhuma palavra daria conta de dizer da morte que meu peito encerrava. Experimentei o torpor da desistência. A figura de Daniel insistindo para que eu tomasse a decisão. Os azulejos. A náusea. O irremediável.

Quando saí do hospital, as luzes de setembro eclodiam no céu, rosadas. Minha matrícula trancada. Sob a orientação do doutor Henrique, mamãe inventava distrações para estar ao meu lado. Eu abandonara os livros. Não conseguia estabelecer vínculos com palavras, histórias. Preferia o silêncio às ideias.

No quintal de casa, ela decidiu aprender a cuidar das flores, antes minguadas, convidando-me a ajudá-la. Aqueles poucos metros guardavam minhas memórias de menina, quando eu moldava bonecos, animais e objetos com terra úmida, inventando mundos imaginários em que suas existências fizessem sentido. Mamãe costumava comprar flores, ainda que nunca soubesse das necessidades de cada espécie, sempre as deixando morrer. Vez ou outra guardava pétalas, folhas e caules secos na esperança de fazer perdurar a beleza efêmera das flores mortas. Comprava-as na feira ou no mercado com frequência quase semanal e, em momentos de alegria, trazia para casa buquês variados de uma só vez.

Tínhamos uma faixa de terra próxima à parede com cerca de um metro de largura por três de comprimento. O mato brotava em liberdade rompendo, por vezes, os limites de terra para avançar sobre o restante do quintal. Minha volta para casa inspirou mamãe. Certo dia, revistas de jardinagem brotaram na mesa da cozinha. Ela me chamou para ver o esmero de canteiros feitos de flores e folhas verdejantes. Eu virava as páginas e pensava que seria impossível fazer algo parecido em casa, tão pouco talento tínhamos para as plantas.

"Que flores você prefere, filha?"

Continuei folheando as revistas sem identificar nenhuma espécie em particular. Precisávamos escolher plantas fáceis de cuidar. Uma das revistas trazia a imagem de um campo de margaridas amarelas.

"Que tal escolher algumas flores para plantarmos, Beatriz?"

Pensei nas unhas sujas de terra, na terra misturada à água, transformando-se em barro. Não estava convencida. Em uma das revistas, mamãe encontrou um breve manual para iniciantes. Primeiro, deveríamos escolher as espécies, lembrando que, como seres vivos, as plantas exigiam cuidado. Cuidaríamos delas? Era preciso atentar para a iluminação, o vento, a quantidade de água necessária, o tipo de adubagem. Pensar nas estações do ano e no tipo de florada que gostaríamos de ter. O ideal seria alternar plantas que floresciam ao longo das estações. Será que estávamos realmente dispostas? Mamãe se levantou da mesa e abriu a porta do quintal. Tínhamos vasos de argila vermelha vazios. Era preciso furá-los para drenar a água e, depois, cobrir o furo com pedras para não deixar a terra escoar. Colocar uma camada de areia grossa seguida de outra de composto orgânico misturado aos húmus de minhoca. Dispor as mudas nos vasos de modo que a terra envolvesse as raízes. Acrescentar mais composto orgânico para a planta firmar. Espalhar folhas secas, cascas de pinus ou pedriscos na camada superior de terra, cuidando para não haver excesso nem falta de umidade.

Mamãe insistia. Sorri sem ânimo. Ela foi até o quarto e voltou trazendo nas mãos um par de sapatilhas para eu calçar. Uma camiseta branca, que me ajudou a vestir. Sorriu e me puxou pela mão. Pegou a bolsa no sofá da sala e a chave do carro. Eu caminhava devagar. Não lembrava da última vez em que saíra de casa antes de voltar do hospital. A insegurança se pulverizou em meu âmago ao atravessar a porta.

"Venha, vamos passear um pouco." Mamãe me levou até o carro. Abriu a porta do passageiro para eu entrar, sentou-se ao meu lado e ligou o motor.

Lembro de não saber para onde íamos. Vidros abertos até a metade da janela. O vento no rosto. Daniel no volante em direção ao rio. Aquele domingo, um deserto na minha memória. Senti o engasgo na garganta. Engoli sem permitir que a consciência da dor se instalasse.

No meio da tarde, o bairro ficava brevemente a salvo do trânsito. Ela estacionou em frente à loja de plantas e produtos de jardinagem. Sacou da bolsa um papel dobrado com a lista de compras. Tudo o que era preciso para montar vasos. Entre as ferramentas, duas pás pequenas, um extrator de ervas daninhas e um cultivador de três pontas. De repente, me soltou no mundo e pediu para que eu pegasse dois pares de luvas de plástico com a vendedora. Sem que precisasse me dirigir à moça, recebi o material solicitado em mãos. Compramos mudas de margaridas, rosas, begônias e gerânios. Mamãe pediu mais instruções para o vendedor, que não nos deixou esquecer o regador de aço.

Eu tinha receio de mexer nas plantas. De que a possibilidade de vê-las extintas estivesse vinculada muito mais aos cuidados que eu lhes dedicaria do que às suas natureza e fragilidade intrínsecas. Não poderia incorrer em erro semelhante ao cometido com meu filho e me ver forçada a perdê-las. Quase sem se pronunciar, mamãe repetia seu pedido de ajuda, marcado por uma delicadeza explícita, seu convite resiliente e diário para que eu me interessasse por aquilo tudo. Para que eu voltasse a viver. No princípio, eu juntava as pedras, montava as camadas com os substratos para as plantas, afofava a terra, separava as mudas de flores e as regava. Um ritual quase imperceptível ao qual eu resistia até que, lentamente, passei a realizar. Não havia pensamento nem reflexão. Não se tratava de movimentos autômatos. Apenas repetia as ações enquanto as horas se evadiam. Vivido ou perdido, o tempo não voltava atrás. Não pensava em nada. Não falava. Tinha perdido a consciência de estar viva como a natureza que eu arranjava sobre a terra, nos vasos do quintal.

 Certa manhã, mamãe estava na escola, peguei as ferramentas e fui ver o jardim. Cabia a mim zelar por ele: molhar as flores, tirar as folhas secas, as larvas que, porventura, surgissem. Terminadas as obrigações, decidi mexer na faixa de terra próxima à parede, onde só brotava mato. Pela primeira vez, deixei de lado as luvas que protegiam minhas mãos. Sentei em um banco baixo para ficar mais próxima do chão. Fui retirando, um a um, chumaços de ervas daninhas, até não restarem raízes, folhas mortas em meio à terra. Reparti o canteiro em três partes, subdividindo-as ao meio. Abri seis valas, depositando a terra dali retirada próxima ao canteiro para não se espalhar pelo quintal. No manual de jardinagem, busquei orientações sobre o cultivo de legumes e verduras, que pretendia escolher e plantar com minha mãe.

 Deixei tudo pronto. Quando chegou do trabalho, eu a chamei para os fundos da casa. Aquela era a primeira iniciativa que eu tomara sozinha após perder meu filho. Uma atitude minúscula, desimportante, que não implicaria mudança na vida de ninguém. Mas, para mim, compreendia algo surpreendente de que eu não me acreditaria capaz meses antes. A partir dali, para mim, o quintal com alimentos e flores seria a própria primavera.

Semanas depois, mamãe ousou um pouco mais. Antes de a cidade avançar, havia, nos arredores de casa, um clube provinciano e abandonado ao tempo. A distância que o separava do centro e a possibilidade de desfrutar da natureza, aos fins de semana, o transformavam em contentamento traduzido por piscina, piquenique e futebol. Eu já não lembrava das alegrias de infância vividas ali. Certa tarde, empenhada em cuidar de mim, mamãe entrou no quarto com um sorriso matreiro. Trazia nas mãos meu biquíni azul, chinelos de dedo, toalha de banho.

"Que tal irmos ao clube, Beatriz?"

A ideia parecia estapafúrdia. Há quanto tempo não íamos até lá? Além do mais, tratava-se de uma liberdade que não costumávamos ter, que dirá exercitar em pleno meio de semana: fruir de um átimo de prazer enquanto o mundo duelava com a rotina. À primeira vista, pensei em recusar. Ela parecia apostar consigo mesma, driblar a própria descrença de que pudesse me tirar de casa.

"Não quero o biquíni", avisei.

Há muito eu não olhava meu corpo. Não queria olhar. Revelar, menos ainda. Sem demonstrar irritação, ela saiu do cômodo, retornando com um maiô que eu pouco usara.

"Que tal?"

Eu não demonstrava confiança. Recebi a peça de suas mãos. O toque da lycra trazia uma sensação de conforto e frescor.

"Não quer experimentar, filha?"

Deixei o quarto e fui até o banheiro. Meus passos sincronizados com a lentidão. Tirei calça e camiseta. No espelho de corpo inteiro, vi minha calcinha e meu sutiã tão pálidos quanto uma alegria ignorada. Me despi. Pouco recordava da minha nudez. As pernas, as coxas, o púbis, os seios, seus bicos adormecidos. O maiô esverdeado contrastava com a sensação de ausência, que se interpunha entre mim e o exterior. De olhos fixos, mirei meu ventre. De repente, ouvi duas batidas soarem na porta. Não percebi quanto tempo permanecera ali.

"Tudo bem, filha?"

Súbito, vesti o maiô. Ao sair do banheiro, deparei com a expectativa de mamãe. Minutos depois, saímos.

A piscina redonda era reservada à recreação. A outra, dividida em raias, a quem quisesse nadar. Na entrada, atravessamos uma passagem de água corrente, onde os banhistas deveriam lavar os pés. Contavam-se nos dedos as pessoas presentes: uma mulher jovem e seu filho pequeno, um casal de namorados, de quem eu poderia ser amiga, o salva-vidas. Podíamos manter distância segura uns dos outros sem ter nossos segredos descobertos por ouvidos distraídos e curiosos. Mamãe estendeu as toalhas em duas espreguiçadeiras de plástico branco-amarelado. Antes de me sentar, a pergunta ecoou.

"Quer entrar na água, Beatriz?"

Em pé, vislumbrei os limites da área azulada a fim de recordar qual dos lados era o fundo e qual seria o raso. Acenei positivamente com a cabeça. Percebi de relance os olhos de mamãe, submersos em lâminas úmidas. Ela disfarçou. Fomos até a beira da piscina. Sentamos uma ao lado da outra na borda de pedra. Coxas coladas ao chão, pés na água. Os azulejos brancos me trouxeram à mente aqueles que recobriam as paredes do centro cirúrgico. A luz fria refletida nos equipamentos de metal em contraposição à superfície vestida de azul, ao céu. Um único desejo me moveria a partir dali. Ter o perdão da criança que expulsei do ventre. Meu filho, neto de minha mãe.

    Comecei a nadar na passagem entre a primavera e o verão do ano em que meu filho morreu. Íamos ao clube duas vezes por semana. Com o calor, chegávamos a três, quatro vezes. As tardes entremeadas pelo sol e pela solidão.

    O doutor Henrique insistia em querer me ouvir, voltando sempre ao impasse entre a objetividade e a subjetividade no tratamento de transtornos emocionais. Não aceitava os farrapos de desculpas que eu inventava para não falar de Daniel. As plantas, a piscina, o calor e a dedicação de mamãe me fortaleciam. Eu sabia que teria de voltar aos estudos. O temor da recidiva rondava não apenas meus pensamentos, mas os daqueles que experimentaram comigo a doença. Nas férias de inverno do ano seguinte, o doutor Henrique não se furtou a perguntar sobre a minha decisão. Decisão que, dessa vez, caberia mesmo somente a mim.

    "Vou voltar. Estou pronta para voltar."

★★★

    Anoiteceu. Daniel e meu filho morto implodiram minha memória. Ao lado deles, mamãe e seu amor prático, desesperado. As caixas de lembranças intocadas. Sempre preferi abrir uma porta de cada vez. Não conseguiria retraçar o destino de Virgínia e revisitar meu próprio passado ao mesmo tempo. Não havia como designar quem sofrera mais. A mim, restava a melancolia e a certeza da impossibilidade de mudar o que se foi. Uma palavra não dita. A decisão equivocada.

Horas antes, abri a porta da cozinha. O quintal do meu passado estava lá. A delicadeza tragada por raízes e folhas mescladas, sufocando umas às outras. As plantas precisavam de cuidados. Flores mortas. Ervas daninhas. Mato. Terra seca. Vasos esquecidos. A horta sem vida nem perfume.

Custei a encontrar a caixa de ferramentas do jardim. Procurei-a no pequeno cômodo, no fundo do quintal, não muito distante da casa, onde guardávamos objetos de uso esporádico. Malas de viagem, utensílios que precisavam de conserto ou que deveríamos descartar. Nos últimos anos, eu quase não tinha entrado ali. O jardim me salvara da depressão e eu o tinha abandonado. Em vez de dedicar-lhe meu amor, transformando-o em alegria para mim e para mamãe, um lugar onde a natureza pudesse estimulá-la, eu me iludia imaginando dar conta de necessidades alheias ao que me importava. No entanto, nem mesmo eu poderia responder àquilo: o que me importava? Quais eram os meus desejos? Do que eu insistia em fugir? De quem? Por quê?

Trouxe as ferramentas para o quintal. As luvas de plástico estavam velhas, grudadas. Comecei a arrancar o mato dos canteiros com a ajuda de uma pá enferrujada. Raízes brotavam da terra, escondidas sob mudas aparentemente inocentes. Espalhadas em torno das flores, tinham sugado sua seiva, relegando-as à extinção.

Coloquei duas folhas de jornal abertas para forrar o chão. Em movimentos contínuos, mediados, se necessário, por um pouco de força, eu arrancava as ervas daninhas e pousava-as sobre manchetes de importância duvidosa, repetindo-os até a exaustão.

A vida se extinguira naquele canteiro. Depois de limpá-lo, aplainei a terra com as mãos, tentando dar-lhe uniformidade. Ela também deveria ser removida se eu quisesse ver brotar ali alguma flor. Recolhi o pacote de ervas daninhas, colocando-o no lixo. A antiga horta e alguns vasos de barro, tomados pelo limo, aguardavam cuidados.

Pensei em pegar o carro. Queria comprar terra e novas mudas de flores e sementes. Se tudo mudara, não era isso o que deveria fazer? Resolvi limpar a horta e os vasos antes de tudo. O quintal me revigorava. Ao tocar a terra, eu rompia com expectativas ilusórias, autoenganos.

Findado o trabalho, olhei minhas mãos sujas sob a água do tanque. As mãos de escritório estranhavam o encardido entre a unha e a carne, como se fosse a primeira vez. Entrei em casa em busca do aconchego de um banho. A proteção da morada de mamãe reverberava em mim enquanto os muros do meu mundo ruíam lá fora.

Quarto dia

A noite custou a passar. Meu pior momento latejava outra vez. A presença de mamãe. Nosso amor grave. Seu desaparecimento. A lembrança de Daniel. A lembrança de meu primeiro filho jamais abafada. A perda multiplicada à potência. Silêncio, sempre ele, bordando minha solidão. Depois de levantar da cama vezes sem fim, descer e subir escadas, encarar mais do que o vazio da casa, meu próprio descaminho, teci os detalhes do reencontro com meu primeiro amor antes de nunca mais voltar a vê-lo. Tinha esperança de que o amanhecer espantasse os meus demônios, embora não acreditasse em tramas envolvendo esperança e melancolia. Sempre ela a cercar meus passos.

Seis da manhã. Abri a janela do quarto. Os dourados e azuis, seus tons e subtons, tingiam o firmamento. Do quarto de mamãe, eu podia admirar esses reflexos nas paredes de casas antigas, mal pintadas, onde a maior parte dos vizinhos, idosos, conhecidos de meus pais, se dedicava a driblar o inevitável.

Lavei o rosto. Molhei colo e nuca. Na cozinha, pus o café para coar. Vislumbrei a crocância de um pão fresco como o atalho mais próximo à realização de um sonho. Relutei. Há dias não saía de casa. Não queria arriscar a me distrair do luto. Não só por ter perdido minha mãe há tão pouco tempo. Por todas as perdas que acumulei. Na ponta da mesa de jantar, em paralelo às cartas espalhadas, coloquei uma toalha branca, a caneca cheia, o pacote de torradas, a manteiga cremosa, a faca. Mirava as réstias do passado sem compreender até onde elas sobreviveriam. Comigo, apenas a certeza de que a totalidade das histórias das mulheres de minha família estava fora de alcance, e a verdade sobre elas, cuja existência poderia ser irrelevante para quem não as conhecesse, me inspirava e fortalecia.

O som estridente da torrada mordida zunia em minha cabeça. O café puro e quente dava-me o ânimo necessário para me contrapor à insônia da madrugada. Poderia pensar em meus anos de formação sem atrelá-los à história vivida com Daniel? Uma fração ínfima de tempo no conjunto do que eu já vivera e no muito mais que gostaria de viver. Porém, determinante para a mulher que eu me tornara e tudo o que queria esquecer.

★★★

Cheguei. À minha frente, as colunas do edifício. Por segundos, tentei captar detalhes da arquitetura de pedra que me transformava em pó. Vi meu reflexo em uma das portas de ferro forjado e vidro que separavam a academia da vida prosaica. Pensei em recuar. Ser um corpo sem passado. Uma exilada em terra estrangeira. Minhas pernas tremiam sob o impacto daquela manhã de agosto. As mãos e o pescoço congelados de suor. O estômago alerta enquanto a xícara de café com leite que eu bebera antes de sair o fazia revirar. Na rua, pessoas seguiam como se a confiança não lhes escapasse das mãos. A manhã, a semana, os afazeres. A suposta normalidade dos dias. A sensação de não haver nada fora de lugar, além da minha presença, impossibilitada que estava de ficar, de partir. Fagulhas de aflição corrompiam minhas certezas precárias – a memória do limo, a penumbra viscosa do poço, cujo fundo não se alcançava e onde permaneci, meses a fio, o vício de respirar, que não me deixou morrer –, impedindo-me de avançar uns poucos passos para me proteger à sombra do edifício. Quando cruzei a porta, percebi o aceno breve e gentil de uma moça que costumava passar as tardes na biblioteca, como eu. Ela costumava tirar os óculos de grau, observando as pilhas de livros, corroídos por ácaros e digitais, páginas e páginas misturando-se às expectativas juvenis de mudar o mundo. Aquele gesto acalentou em mim a ilusão de que eu poderia ser acolhida na faculdade, embora não quisesse ser vista por ninguém. Adiante, os poucos degraus da escada se multiplicavam. Eu os mirava: uma ribanceira às avessas. Eu deixara aquele mundo em suspenso. Em estado de desalento. Intocável. Fazia um ano. Não ouvia qualquer sussurro. Nem um balbucio. Os alunos chegavam. Os bons-dias ecoavam no ar. Por um instante, senti-me feliz. De repente, porém, as paredes começaram a entoar vozes, revelando meu retorno. Não! Silêncio, por favor! Eu só precisava de silêncio. Coragem. Apagar do corpo a lembrança das mãos de Daniel, a forma como me tocavam, seus cabelos, seus pelos. Doces. Agir de forma natural, livre de toda melancolia, essa frescura à qual sucumbem os fracos.

 Hesitante, olhei as escadas. Eu as subiria de um só fôlego? Ou galgaria os degraus históricos, cujo peso incidia sobre mim, com calma? Eu esquivava o olhar. Queria acreditar que estava curada, que não mais veria minha alma alçada à carne viva. Voltar à faculdade. Entrar nas salas de aula, nas bibliotecas, nos espaços suntuosos partilhados por gerações de alunos e professores, onde se discutia direito e política. Sim, era aquilo que eu queria. Era ali o meu lugar. Onde eu deveria estar. O sonho de mamãe que eu protagonizava por vontade própria. Minha oportunidade de me estender sobre o território conquistado por ela ante a miséria que nos precedeu. Eu não tinha tal clareza naquele instante, apenas uma crença vagava escondida no peito, um pingo, uma gotícula que não me abandonara, como Daniel. Ele e suas possibilidades de experimentação e erro. Ele e a família de classe média culta, que lhe permitia ter dúvidas. Um ano se passara desde a morte do meu bebê. A morte de quem eu fui e não voltaria a ser. Eu jurara não me importar. Jurara esquecê-lo. Não pensar. No entanto, as lembranças de seu rosto mesclavam-se às dos meses em que eu vivera insulada, a saliva seca, a boca silente, esmiuçando a passagem das horas em segundos eternos, não importando se dia ou noite, atada a um gesto que nunca deveria ter sido meu. Eu jamais poderia aceitar. Contudo, Daniel inundava meus poros de saudade. E nem o abandono, a aversão que eu sentira de mim mesma, por causa dele, me fariam esquecer o amor que subtraía meu sangue qual o eco de um grito do cume da montanha-russa quando, antes da queda, a dúvida se configura: sairei viva daqui?

Subi as escadas. Terceiro andar. Um fantasma se esgueirando pelas paredes. Os meses de mutismo e falta de apetite me fizeram emagrecer. A malha de lã fechada escondia os ossos que sobressaíam do meu tórax, tão evidentes quando eu recobria o corpo apenas com fios de algodão. A calça jeans restava com sobras em minha cintura. Os óculos de leitura repousavam em um nariz esguio com o intuito de mascarar olheiras impetuosas. Os cabelos não formavam mais o rabo de cavalo farto. Os fios enfraquecidos se quebravam ao vento e, quando molhados, saíam em tufos nas minhas mãos.

Apesar das tardes na piscina terem me ajudado a recobrar um pouco de cor, driblando as marcas do rosto adoecido, meu corpo oscilava entre a lembrança do que fora e do que ainda não sabia ser. Eu envelhecera, meu amor.

Se Daniel me procurou, eu jamais soube. Minha mãe nunca mencionou palavra. Ela era tão discreta, respeitosa da minha privacidade que, às vezes, eu duvidava de seu amor, de sua dedicação. Preferia que me obrigasse a confessar a asfixia, me surrasse e chacoalhasse mil vezes minha cabeça, meu corpo, gritasse em escândalo, exigindo a verdade sobre aquela expiação. Ou, ao menos, me pedisse uma mentira plausível, qualquer uma, na qual pudesse acreditar. Uma história inventada, menos crua que a realidade, para aliviar o coração. Eu sabia que ela vivia minha agonia calada e não tinha dúvidas de que associava minha condição ao fim do namoro. O que havia por trás do rompimento estava além do que ela poderia conceber. Era a decepção mais pungente que a própria separação. Meu corpo urrando, alijado do meu amor e de seu êxtase mais profundo, cuja centelha eu concedera em destruir. Não há afeto, juvenil ou maduro, que possa resistir a um aborto, não importa se consentido, voluntário, consciente. Uma experiência que não pertencia ao repertório de mamãe e, menos ainda, ao que ela supunha que eu estivesse pronta para provar. Pior, que eu pudesse impor a mim mesma e restar tranquila. A culpa para sempre me constrangeria.

Cheguei à sala de aula certa de que não o encontraria. Tinha de recomeçar de onde parara. Ele deveria estar um ano à minha frente. Sentei-me na primeira cadeira disponível, evitando a proximidade da porta. Não queria me colocar à mercê dos ruídos externos. O atrito das solas de sapatos no chão, o ritmo de quem ia de um lado a outro. Não queria ouvir o zunzum de vozes revelando as últimas novidades, as férias, o que se pretendia fazer até o fim do ano. Sabia que não me furtaria a procurar vestígios de Daniel pelos corredores da faculdade. Precisava me concentrar. O ano perdido às vésperas de ser reconquistado. Minutos passados, o professor entrou na sala e fechou a porta. Um suspiro de alívio calou fundo. À minha frente, as madeiras escuras, o tablado. Uns poucos conhecidos. Ninguém que eu pudesse chamar de amigo. O meu futuro. O professor apresentou o programa. Lembro de fazer um esforço físico para me readequar não só ao *modus operandi* da universidade – leituras, tarefas e cronogramas – como também ao jargão jurídico. Costas aprumadas, caderno novo e caneta esferográfica a postos, olhos e ouvidos atentos para não ceder aos indícios de sedução. Esvaziar a mente. Nada a me perturbar. A voz do professor deveria fluir como água límpida tremulando em meus ouvidos pela primeira vez. A memória da água, uma promessa de paz. Eu tentava me aproximar daquela voz, tomando-a nas mãos como a um bloco de argila a ser amassado, sem impaciência e com precisão, dissolvendo as bolhas de ar, afastando os riscos de rachadura, para se transformar em potes, vasos, ânforas, à espera da queima.

    A possibilidade de reencontrar Daniel era factível. Como encará-lo? Ereta, altiva. Minhas poucas habilidades de atriz deixadas para trás. Disposta a camuflar qualquer evidência de dor. Meus olhos brilhariam áridos. Um sorriso elegante no rosto impassível. Quem sabe eu demonstrasse pressa, falta de tempo para observar seu espanto. A alegria de me ver? Ou, melhor, teria tempo para informar que poderíamos, claro, ser amigos. Por que não? Tão maduros nós éramos. Nem sempre as coisas acontecem como queremos. Já tínhamos superado, não é?

    Durante o intervalo, evitei deixar a sala. Aceitaria de bom grado um chocolate quente, mas me restringi à maçã trazida de casa. Estiquei as pernas, alonguei as costas. Voltei ao meu lugar. Rabisquei algumas linhas na página em branco no fim do caderno. A São Francisco banhada pelo mar. Uma pequena faixa de areia separando o prédio da água. Portando um galho de árvore longo e fino, alguém rabiscava um esboço pouco antes de as ondas o levarem. As vozes ressoavam no corredor. Eu mantinha os olhos fixos na imagem traçada, esquecendo por um instante a realidade. Quinze, vinte minutos. O professor voltou. Deixei o desenho por terminar e retornei às anotações, captando o máximo possível de detalhes contra toda distração. Ao fim da aula, tinha preenchido várias páginas, provando a mim mesma que não perdera tempo em ilações. Peguei minha bolsa e segui até a porta. Cravei os olhos sobre ambos os lados do corredor para me poupar de surpresas. Em meio aos colegas, desci as escadas o mais rápido que pude. Ao sair do prédio, inalei, com alegria difusa, o ar poluído da cidade.

    Não vira Daniel em momento algum. Alívio. Frustração. Não conseguia dar nomes aos sentimentos. O esforço contínuo para absorver as aulas. A sobrevivência às expectativas diárias. Eu inventava enredos em que dividia as cenas, ora com o mocinho, ora com o vilão, embora ele não se caracterizasse como nenhum deles. A autocensura me servia de preservação. Se eu não o esquecia, ao menos procurava não guardar esperança de dias felizes. De uma absolvição mútua, um recomeço. Voltar à faculdade implicava consentir em combates íntimos, sobre os quais eu não tinha controle e ainda me mantinham suscetível. Na sexta-feira daquela primeira semana, eu fantasiava hipóteses que poderiam me manter longe dele e permitir que eu transitasse pela faculdade em meio a uma utopia de paz. Imaginava destinos improváveis de modo que me livrasse de sua presença, por mais que ansiasse encontrá-lo. Tomara que ele tivesse abandonado o curso, mudado de país, partido para a selva, se infiltrado em um navio clandestino rumo ao fim do mundo, se tornado gângster.

    A manhã recendia à umidade da chuva noturna. Poças d'água deitavam-se sobre o leito disforme das ruas. O vento estalava nas minhas faces coradas de frio. Adentrei o prédio mais confiante. Carregava nas costas a mochila e um guarda-chuva, cujo grafismo estilizado imitava escamas prateadas. O cachecol carmim se aninhava em meu pescoço enquanto o casaco escuro blindava tronco e pernas. Tênis preto de couro, calça jeans, os cabelos desalinhados em um coque, os óculos embaçados. Dia a dia, eu me apropriava um pouco mais do ambiente. Meus pés tocavam o chão sem pedir licença. Começava a não mais me esgueirar pelas escadas. A ocupar o espaço sem me furtar a usufruí-lo. A semana passara. Nada de Daniel. Encontrei alguns de nossos colegas de turma, dos quais ouvi dois ou três comentários. "Que bom que você voltou! Está tudo bem? O que aconteceu?" Eu sorria sem responder, sem tampouco devolver a questão. Ninguém falava dele. Sabiam do nosso namoro. Eu não perguntava. Segurava firme a vontade, deixando baixar a poeira do desejo. Daria tudo para vê-lo, saber dele. Esfreguei as mãos uma na outra para esquentar. Subi o primeiro lance de escadas. A aula começaria em breve. Eu queria entrar na sala antes do professor. Partia para o segundo lance quando deparei com Daniel descendo em sentido oposto. Paramos onde estávamos deixando passar as outras pessoas. Calculei pouco mais de um metro de distância. Ele desceu os degraus, dois passos à frente, e me beijou o rosto. Os lábios minimalistas me fizeram desvanecer. As narrativas entraram em ebulição. Tudo o que eu ensaiara em pensamento. Eu transpirava. As marcações de cena, gestos e diálogos fundiram-se me fazendo perder as deixas do roteiro. Como agir em caso de dor lancinante, de desespero?

Lágrimas eclodiram dos meus olhos sem que eu pudesse disfarçar. De repente, minha fragilidade se converteu em força. Empurrei-o para trás e saltei degraus acima, em disparada. "Beatriz", ouvi-o chamar. Atirei-me em direção à sala de aula, já fechada. Eu arfava. Inspirei no intuito de sufocar o choro. Entrei no banheiro e joguei a bolsa no chão. Enfiei o rosto embaixo da torneira. Água misturando-se ao sal. Vamos, Beatriz, volte para nós. A voz de mamãe vibrava em minha mente. Volte, Beatriz. Volte. Não sei quanto tempo permaneci ali. A água em lamento. O azul da piscina vazia. Os azulejos brancos. Os olhos teimando em não abrir. Fechei a torneira. Puxei as folhas de papel. O espelho denunciava a vermelhidão do rosto, as maçãs inchadas. E daí? Eu não podia pestanejar. Quase cinco dias tinham se passado. A quem interessava se eu sofria? Eu não tinha de ter vergonha. Que me olhassem, que falassem. Na faculdade, eu só tinha a mim e mais ninguém. Daniel estava lá. Os cabelos mais compridos, os óculos de aros redondos prateados. A mochila de couro envelhecido nas costas. A calça de sarja que eu conhecia. A malha de lã azul do inverno passado. Eu jamais teria meu bebê nos braços. Aproximei o papel áspero da pele. Abri o casaco. Tirei o cachecol respingado de água.

Molhei o pescoço. O rosto mais uma vez. Sequei-os. Olhos no espelho. Meia hora se passara desde o encontro. Eu tinha de arranjar uma desculpa para entrar em sala. Me esforçaria para fingir serenidade. A respiração quase sob controle. Quem dera eu pudesse voltar e simplesmente, dizer: "Olá".

Quarto ano da faculdade. Eu queria ser contratada pelo escritório em que estagiava tão logo terminasse o curso. Tinha a fantasia de conciliar o trabalho com os estudos para a Defensoria. Mais tarde, talvez tentasse a Magistratura. Eu auxiliava os advogados na reunião de provas, pesquisava o desenrolar de ações semelhantes, além das contrárias, às nossas causas. Trazia as peças dos quebra-cabeças para que fossem encaixadas com destreza e precisão. Gostava de vê-los tecer os argumentos e exibir não só astúcia, mas inteligência e conhecimento legal para enfrentar duelos verbais em defesa dos clientes.

O embate em torno de Daniel não dava trégua. Eu precisava resistir à sua presença. Resistir, sobretudo. Ansiava, em vão, exilar a saudade. Os fotogramas do amor iluminados por beijos longos entre a fúria e a meditação. As mãos dadas ruas afora. A plenitude do meu corpo aconchegado ao dele. O eco infindável. Você decide. Você. O meu abismo. Eu o evitava sem pudor de deixar de lado a boa educação. Fingia não vê-lo, passava reto sem cumprimentar. Desgaste. Tolice. Não sei. Não podia ceder. Ele aderiu ao meu comportamento. Abismo maior. Eu fugia de sua sombra quando o que mais queria era me fundir a ela. Eu era uma sombra em esforço brutal de autopreservação. Todas as esquinas da São Francisco recendiam a Daniel. Em minha batalha particular, onde ele entrava, eu saia. Se obrigada a dividir o mesmo espaço, eu me colocava em oposição. Ficava longe dos seus amigos. Se o encontrasse, desviava o olhar e apertava o passo, abandonando a chance de um cumprimento breve. Qualquer hipótese de comportamento civilizado me soava insustentável. Dali a meses, ele terminaria o curso. Não haveria mais nenhum vínculo entre nós.

Final de novembro, 1994. Entreguei a última prova do ano. A manhã findava. O sol fazia transpirar o asfalto das ruas. No interior do edifício podia-se experimentar um frescor ilusório. Desde que voltara a estudar, a cada semestre concluído, a sensação de renascimento me apertava o coração, dando-me a alegria dos que persistem, enganando o sofrer. Eu me preparava para deixar o prédio quando uma voz congelou meus passos.

"Beatriz?"

Parei, sem olhar para trás.

"Posso falar com você?"

Imóvel, senti Daniel se aproximar. Sem dizer palavra, me virei sem desviar os olhos daqueles que me interpelavam. Ele me beijou o rosto suavemente. Um sobressalto me tomou por ter admitido o gesto. Meu corpo se retraiu temendo o que poderia significar. As expectativas em eclosão. A lembrança do ar suspenso em meu peito a disfarçar o tremor permaneceu viva anos a fio. Não havia naturalidade possível.

"Estou me formando. Queria me despedir."

Um soluço travou na garganta. Minha voz se esvaiu em partículas milimétricas de silêncio. Ele esbarrou em meu braço. Dei um passo atrás. Ele recuou.

"Bom você ter voltado. Espero que você seja..."

"Que eu seja o quê, Daniel?", bradei em cólera. "Que

fique bem claro: se existe alguém que espera alguma coisa, esse alguém sou eu. Não se atreva a se aproximar de mim de novo. Eu não estou aqui para deixar você feliz. Estou aqui apesar de você!"

★★★

Rumores. De repente, as pessoas começaram a adoecer. De um instante a outro, uma maioria de homens jovens, muitos deles trabalhadores do porto, cedia à febre e à ausência de forças, desfalecendo em pequenas frações de tempo. Pelas ruas, falava-se do horror de vê-los sangrar pelo nariz e ouvidos. Da cor de sua pele azulada, tingida pela falta de ar. Os tumultos se multiplicavam na Santa Casa e no hospital da Cruz Vermelha, onde médicos, enfermeiras e voluntários se empenhavam em atender pacientes prestes a morrer. O desassossego das ruas fez Virgínia suspeitar de que se tratasse do mesmo mal que consumira seu marido.

Segunda-feira, logo cedo, Virgínia dirigiu-se ao quarto das crianças. José acordava para ir à aula. Os menores dormiam. A luz discreta da manhã entrava pelas frestas das venezianas. Ela foi até a sala, abriu a janela do sobrado e surpreendeu-se com o burburinho da rua. Distinguiu um jovem vendedor de jornais gritando na esquina oposta à mercearia:

"Extra, extra! A espanhola chegou! Gripe ataca cidade e prefeitura fecha comércio e repartições! Extra!"

Repetia a manchete enquanto trocava notícias por moedas. Ela vestiu seu luto com rapidez, desceu as escadas e atravessou a rua para comprar um exemplar. Com a folha nas mãos, leu com cuidado a matéria da capa e estremeceu. A apreensão de cada palavra a assombrava. Ao erguer os olhos, avistou outro garoto, bolsa a tiracolo, colando cartazes em muros e postes. A mesma notícia se deixava eternizar nas paredes, exalando o espectro da morte em letras grandes e pesadas. Ao redor, ela sentiu a tensão nos rostos dos transeuntes, divididos entre o caminho a seguir e a dúvida quanto ao próprio destino. Por um instante, Virgínia imaginou se tinham a dimensão do risco a que estavam expostos. Observava a inquietude, incomum para o horário, na calçada estreita. Espiando adiante, notou a botica de seu Pedro, localizada no fim da segunda quadra, ainda fechada. Nem Isabel, tampouco dona Amália tinham saído à rua. Conseguiria encontrá-las antes do início da interdição?

A partir da manhã seguinte, estabelecimentos públicos e privados, lojas, armazéns, boticas, escolas, teatros, seriam obrigados a fechar as portas. Não se admitiria nenhum tipo de aglomeração. As pessoas deveriam permanecer em suas casas e evitar sair à rua a qualquer custo. Além dos decretos sanitários, o jornal trazia um breve retrospecto da doença:

"Na Europa, um novo flagelo se soma às mortes causadas pela guerra. O mal-estar repentino e intenso, caracterizado por febre alta, tosse e dificuldade de respirar, avança sobre a população e tem feito vítimas entre civis e soldados, que convivem há anos com privações, doenças e fome. Em setembro passado, o navio Demerara, oriundo de Lisboa, aportou no Recife, passando por Salvador até chegar à capital federal, espalhando o vírus *influenza* por nosso país. Doentes vindos do Rio de Janeiro chegaram ao porto de Santos no dia 12 de outubro colocando toda a população de nossa cidade em risco."

Virgínia ficou transtornada com as novidades. Antonio adoecera há pouco mais de uma semana e o avesso se apossara de tudo.

A notícia imprimia ao cotidiano uma urgência desconhecida. Decidiu voltar para casa e não mandar o filho mais velho para a escola. José ficaria com os irmãos em casa emveza de permanecerem com a mãe na loja, como ela procurava acostumar as crianças. Não queria expor os filhos ao perigo de um possível contágio mais do que já tinham sido expostos à doença do pai. Precisaria separar mantimentos para a família. Arroz, feijão, açúcar, ovos, batata, leite, café, velas, fósforos. Teria de procurar carne e peixe, indisponíveis na mercearia. A vida convulsionava sob a pressão dos fatos.

Desceu outra vez as escadas e transpôs a porta que separava a casa da mercearia. Destrancou os cadeados que prendiam as portas de ferro ao chão, suspendendo-as com esforço. Em pouco tempo, ao ar fresco da manhã sobreporia o calor primaveril já sufocante. Sentia-se contaminada pela agitação da rua. De dentro da loja podia ver o estoque de exemplares do jornaleiro prestes a terminar, o que ocorreu tão logo um homem muito magro, calvo e grisalho, que ela nunca vira antes, ofereceu duas moedas pelo último diário.

Situada no extremo de uma perpendicular, a mercearia ocupava lugar privilegiado em um quarteirão onde se mesclavam residências e estabelecimentos comerciais. Do seu interior, como Antonio outrora acompanhou Virgínia, era possível vislumbrar o vaivém das ruas.

Virgínia separara sacos de papel de diferentes tamanhos para colocar os produtos a granel. Começava a se preparar para o movimento contínuo, alternando atendimento aos fregueses, pagamentos e registro das vendas. Tinha ânsia de gritar até lhe faltar a voz, fazer o tempo não só estancar, como, sobretudo, retroceder. Conhecia a aflição que se anunciava ao passo que os outros ainda a ignoravam. O desconhecido cruzou a rua e entrou na mercearia. Seus olhos fundos capturavam o ambiente. Ela nunca o vira antes.

"Bom dia, a senhora ouviu as notícias?"

"Bom dia. Sim, eu vi o jornal, senhor."

"Imagine se é possível pegar uma gripe e morrer! Estou muito preocupado!"

Ela não precisava imaginar. Sabia com exatidão o significado daquelas palavras.

"Preciso levar alguma coisa para casa. Não sei o que escolher."

"O senhor sabe dizer se há algo faltando?"

"Eu moro sozinho. O que me faz falta, não poderia comprar", respondeu ele, virando-se para observar os produtos. "Costumo almoçar em alguma pensão ou restaurante todo dia. Agora, com tudo fechado, não sei o que fazer. Terei de me virar em casa. Eu e mais ninguém. De manhã, tomo meu café com pão para me preparar para o calor. À noite, se tenho fome, me basta um caldo de peixe ou galinha. Para a fome que sinto, o que como me é indiferente."

"Posso oferecer-lhe café, pão, manteiga. Tenho arroz, pasta e ovos, se for do seu agrado."

"Sim, seria ótimo. Quanto devo levar? Não sei se vou conseguir sair de casa outra vez."

"Que tal levar o suficiente para os próximos três, quatro dias? Ninguém sabe o que vai acontecer. De repente, tudo volta ao normal mais rápido do que pensamos."

As palavras surpreenderam a própria Virgínia, como se falasse de um sonho que mal poderia acreditar.

"Sim, vou levar café, uma dúzia de ovos e um quilo de batatas. Espero que tudo não passe de um engano, uma mentira para os jornais e o governo poderem ganhar dinheiro."

O homem mexia as mãos sem parar. Ela separou os mantimentos, pesou o café, as batatas, colocou os ovos em um saco de papel reforçado.

"Aqui está."

Recebeu o dinheiro de maneira fugaz. Por pouco, as moedas não escaparam pelo chão.

O homem agradeceu e partiu o mais rápido que pôde, jornal embaixo do braço.

Duas moças entraram. A semelhança física – cabelo castanho-claro na altura dos ombros, lábios finos como a silhueta, mãos e corpos exibindo um movimento contínuo entre uma e outra jovem – indicava parentesco. Virgínia lembrou que não vira os irmãos de Antonio após o enterro, tampouco falara com sua mãe e Ernesto.

"Bom dia, senhoritas. Em que posso ajudá-las?"

"Pegue o caderninho, Julieta. Veja a lista que nossa mãe fez."

"Aqui está, Lucília."

"Por favor, queremos três quilos e meio de batatas, dois de farinha, um de sal, dois de café. Vamos levar feijão e ervilhas secas, três quilos de cada um", disse Lucília, riscando com um lápis cada um dos itens citados.

Virgínia abriu os potes de alimentos vertendo, alternadamente, conchas dos produtos nos sacos de papel. Ela os pesava e marcava os valores em uma caderneta pautada. Antes de pagar, uma das moças perguntou:

"A senhora vai fechar a venda?"

"Como poderei abrir se a ordem é trancar as portas?", respondeu Virgínia na intenção de resistir à impotência.

"Como vamos saber se isso vai ser suficiente? Sequer sabemos por quanto tempo as lojas ficarão fechadas", comentou Julieta, apreensiva.

"A mercearia vai ficar aberta até o fim da tarde, caso desejem voltar."

"Sim, obrigada", respondeu Lucília. "Não esquecemos nada?"

"Precisamos ir à farmácia, o remédio do papai está acabando!", afirmou Julieta.

"Mais uma quadra, vocês verão um boticário."

As irmãs partiram deixando a nostalgia do tempo em que a inocência iluminava os sonhos de Virgínia e o destino ainda não a tinha escolhido para pregar peças.

"Dona Virgínia, minha mãe mandou perguntar se a senhora poderia me vender um pouco de arroz e alguns ovos?"

Pega de surpresa, ela virou-se para Sebastião e sorriu.

"Claro, Tião", respondeu, segurando a concha do pote de arroz. Encheu outros dois pacotes com feijão e café. Pegou uma dúzia de ovos. "Tome, Tião, leve para casa."

"É muita gentileza, mas não posso aceitar tudo isso, dona Virgínia. Quanto é?"

"Vá, Tião. Cuide bem da sua mãe e diga a ela que assim que puder irei visitá-la."

Elisa trabalhara por anos na casa da família de Virgínia. Nas mãos dela, as frutas se transformavam em compotas — abóbora, cidra, goiaba, perinhas em calda — cujo sabor a viúva de Antonio jamais esquecera. Um dia, o marido saiu e não voltou. Elisa criou Tião sozinha até adoecer das varizes e não poder mais trabalhar. As pernas inchadas, cheias de úlceras venosas, a impediam de andar. O rapazote passou a fazer bicos nas ruas, além de ajudar Antonio no armazém e no transporte das mercadorias até a venda. Tião mirou Virgínia com cumplicidade. O olhar a enterneceu, fazendo-a expurgar, por instantes, o medo do futuro.

Pouco antes de fechar a mercearia, onde mal começara a trabalhar, ela se viu diante do tormento dos que precisavam prover a si e aos seus, ignorando quem ultrapassaria incólume os dias, esquivando-se do mal. Vendeu boa parte do estoque de grãos, sal, açúcar, café, leite, farinha, óleo. Embora hesitante, ganhou destreza diante da imposição coletiva de escapar da morte. Parecia mesmo ter esquecido a insegurança. Atendeu vizinhos, passantes, mulheres. Nos olhos de alguns, sabedores do fim repentino de Antonio, a necessidade mesclava-se à mais completa desconfiança, ao medo de se verem maculados pelas mãos de alguém que cuidara, sem esperança, de um enfermo morto de modo abrupto, provável vítima da gripe.

Ao meio-dia, baixou as portas, subindo à casa. Precisava amamentar Laura, que chorava de fome, e dar de comer aos demais. O almoço já o tinha feito ao amanhecer. Enquanto aquecia a comida, sentou-se à mesa. Ao seu redor, as crianças observavam a caçula sugar o peito da mãe. Virgínia olhava para os filhos, tentando não deixar transparecer a tensão até José perguntar:

"Mamãe, por que eu não pude ir para a escola hoje?"

Virgínia olhou o garoto como se suplicasse por sua compreensão.

"José, você pode trazer a toalha da mesa e ver se a comida está quente?"

Laura adormeceu. A mãe a colocou no berço, beijando-a com ternura. Voltou à cozinha e serviu os pratos. José, Marília e João começaram a comer. Com Cecília no colo, dava uma garfada de comida à filha e, com o mesmo talher, alimentava-se. Começava a ensinar a menina a comer sozinha usando a única mão. Queria poder ficar com os filhos, mas tinha de reabrir a mercearia o quanto antes. Fosse um dia qualquer, estaria feliz com o movimento da loja, sobretudo se Antonio estivesse vivo. Abraçou e beijou cada um. Voltou ao trabalho.

Ao levantar a porta de ferro, Virgínia viu Isabel atravessar a rua.

"Precisa de ajuda?"

"A loja está cheia. As crianças estão em casa."

"Quer que eu cuide delas?"

"Seria ótimo. Mas, se puder, prefiro que me ajude aqui. As pessoas estão nervosas e com pressa."

"O que quer que eu faça?"

"Anote os nomes e os pedidos, por ordem de chegada. Deixe as folhas na sequência sobre o balcão. Vou chamando um por um. Assim, consigo saber o que os fregueses precisam e poderei atendê-los mais rápido."

Dona Amália entrou na mercearia.

"Você viu as notícias, Virgínia? E os cartazes? Essa confusão em todos os lugares! Essa gripe! O que vai ser de nós?"

"Eu vi, dona Amália. Por que a senhora não tenta se acalmar?"

"Você já sabe o que aconteceu com Antonio?"

"Ninguém soube dizer nada até agora."

"Tem certeza?"

A mulher que ensinara Virgínia a costurar e tanto festejara seu casamento a encarava com raiva e desdém.

"Não posso ficar de conversa fiada com você. E se você estiver doente, hein? Como vão ficar os clientes que só querem garantir o mínimo para sobreviver a esse pesadelo e nem sabem da morte do seu marido? Estou com pressa. Vou levar dois quilos de arroz, um pouco de farinha de trigo.

Também quero açúcar e uma dúzia de ovos."

Sem abrir a boca, Virgínia entregou as compras à vizinha, que partiu desvencilhando-se com rispidez dos que pairavam ao seu redor.

Isabel contemplou os olhos brilhantes de Virgínia.

"Não pense nisso agora. Ela está com medo."

"Ela é como se fosse uma segunda mãe para mim."

"Esqueça. Vamos, precisamos atender a freguesia."

Virgínia limpou os olhos com as costas das mãos e virou-se para o balcão.

"Pois não, senhora, em que posso ajudá-la?"

As duas mulheres trabalharam toda a tarde. Ninguém sabia se estava comprando o necessário, tampouco quanto tempo durariam as restrições. Quando se preparavam para fechar as portas, uma velha senhora se aproximou da entrada da loja, vestes sujas, assim como o rosto e as mãos.

"Minha jovem, eu não tenho nada. Só essa fome que me atravessa. Por piedade, você poderia me dar algo de comer?"

Isabel puxava uma das portas para baixo.

"Claro. O que a senhora quer?", perguntou Virgínia.

"Um pedaço de pão."

"Isabel, por favor, pegue alguns pães no cesto. Eu já volto."

Virgínia subiu correndo as escadas. Na cozinha, separou uma vasilha com arroz, feijão e um pouco da mistura do almoço. Tampou-a, embrulhando a vasilha e uma colher com um pano. Encheu uma garrafa de água. Voltou à loja e entregou a comida à mulher.

"Muito grata, minha filha", disse a velha, virando o rosto para tossir.

Virgínia e Isabel se entreolharam. A mulher adentrou a noite com passos sonâmbulos.

"Obrigada por tudo, Isabel. Veja o que precisa e leve para casa."

"Não preciso de nada agora, Virgínia. Quando precisar, pode deixar que falarei com você."

Sob a luz abatida dos postes, onde os cartazes anunciavam a gripe, Isabel atravessou a rua em direção à sua casa. Virgínia trancou a mercearia e subiu ao encontro das crianças.

As notícias irrompiam boca a boca. Súbito, a cidade se transformara. No porto, navios eram impedidos de ancorar, obrigados a manter tripulações e passageiros a bordo. Mercadorias deixavam de ser negociadas. Padres oscilavam entre rogar pela própria salvação e intimidar-se com os poucos fiéis que apareciam nas igrejas. A doença alastrava-se pelas casas, assaltava seus habitantes. O som das sirenes se sobrepunha ao ruído eventual dos bondes, esvaziados. Os pouquíssimos automóveis disponíveis e todo tipo de veículo, por mais precário que fosse, transportavam doentes e mortos. Raras eram as pessoas nas ruas. O número de vítimas aumentava a cada hora com a confirmação da perda de um amigo, um conhecido, um irmão. A gripe espanhola não distinguia classe, sexo, idade, religião.

Quem se arriscava a sair podia assistir ao leva e traz de doentes, logo convertidos em mortos. O calor fazia expandir o fedor dos corpos, espalhados pela cidade. Ao lado deles os que, por desespero ou obrigação, tentavam lhes dar o último quinhão de dignidade, recolhendo-os, muitas vezes, às valas comuns. Ao contrário da cerimônia realizada para o enterro de Antonio, nos cemitérios os funerais deixaram de ter hora marcada, tampouco havia tempo para ritos. Uma vez morto, o indivíduo deveria ser enterrado de imediato, a fim de deixar o leito para o próximo enfermo. Sobretudo, era preciso evitar que mais gente fosse contaminada. Logo, não haveria mais covas disponíveis nem funcionários para levar os corpos, enfermeiras para socorrer os doentes, médicos para tentar salvá-los.

A epidemia fazia girar em falso o turbilhão emocional de Virgínia, ao somar as lembranças frescas da noite do velório aos rostos ali presentes, imaginando qual deles tombaria sob a gripe. Pensava nos que tinham estado ao redor do corpo de Antonio, no perigo ao qual estavam submetidos. Temia que, além dele, pudesse perder alguma criança. Não ousava imaginar o que seria dos filhos caso ela mesma se tornasse uma vítima. Sua mãe não teria condições de assumir a criação dos netos; seu irmão mal começara a trabalhar e tinha direito à juventude, a construir sua própria família sem ter de carregar consigo os filhos dela. Quanto aos cunhados, estava certa de que não haveria bondade ou compaixão que os levasse a educar os sobrinhos órfãos: a mais nova era um bebê de colo; à outra, faltava-lhe parte de um braço; João e Marília não dependiam dos cuidados da primeira infância, porém nada mais lhes cabia, naquele momento, além de comer, brincar e dar trabalho; por fim, José ia à escola e, ainda que não tivesse autonomia com as palavras e a matemática, era esperto para perceber o comportamento pouco amigável dos irmãos do pai.

Naquele outubro de 1918, a gravidade da epidemia se impusera à cidade e, com ela, a urgência de ações necessárias ao combate à gripe espanhola.

Mais tarde, as autoridades de saúde confirmariam Antonio como um dos primeiros mortos pelo *influenza* em Santos.

Virgínia tentava impor a si e aos filhos uma rotina com a qual ainda não se acostumara, embora mal ensejasse os primeiros passos como chefe de família. A vida assumira um caráter novidadeiro às avessas. Em nada correspondia ao que ela poderia desejar. A consciência da voracidade da doença fazia transbordar a experiência da viuvez e a solidão pungente. O percurso a ser atravessado na lida com as crianças e as inquietações que emergiam de sua nova condição pareciam cada vez mais duvidosos. Já não bastava enfrentar o presente. Era preciso não consentir ao destino a chance de se transformar em barco naufragado, livre de sobreviventes.

Virgínia sentia a alma afundar em desassossego. A chuva fina na noite quente. O corpo velado. As pás de terra sobre o caixão. O andamento do mundo à revelia da dor. A vida dos filhos à revelia da morte. Provava o sabor robusto da incerteza, a urgência de reinventar-se. Mal pudera experimentar o luto nem a ausência consolidada de Antonio, impelida que estava a resistir. O mundo em desacato lhe rondava o ser. À sombra do surto, tomada de obstinação, decidiu que nenhuma de suas crianças, tampouco ela, sucumbiriam à gripe. Nada a faria esmorecer.

A exemplo dos demais moradores da cidade, separou mantimentos, garantiu óleo, fósforos, velas e foi atrás de todo o necessário. José a ajudava com os irmãos menores enquanto ela dividia-se entre detalhes e precauções. Encerrou-se com os filhos na casa. Não se iludia. Nada seria como antes. Não só a vida dela desmoronara. A cidade expunha suas entranhas, seus fluídos, seus pulmões corroídos pela gripe, a precariedade à qual todos estavam sujeitos. Por ironia, a reclusão forçada lhe traria o silêncio do qual tinha sido privada, após a morte de Antonio, em face dos deveres com os filhos e a sobrevivência.

Da janela da sala, na parte superior da loja, podia vislumbrar a rua desalmada. Por vezes, ao longe, ouvia gritos de dor, sem distinguir se se tratava do suplício dos enfermos ou do tormento dos que, como ela, viam partir os seus. Da mesma janela, falava com Isabel à distância, isolada. Ambas, em vão, ensaiando conter seus fantasmas. Ambas sem saber direito como agir, em quem confiar, no que acreditar.

Alguns dias após o fechamento da mercearia, sentada na cama, Virgínia encarou as paredes do quarto. O amarelo, antes agradável e luminoso, diluíra-se sob o sol. A cortina branca, costurada por ela, assim como tantas outras peças da casa e roupas para a família, tornara-se opaca. Pensava no quanto se afastara bruscamente dos seus dias e, mesmo propensa a acreditar ser a gripe a *causa mortis* do marido, recebeu a ordem de isolamento com um misto de temor e alívio.

Viu-se refletida no espelho manchado de antigo, disposto na porta externa do guarda-roupa. Não se lembrava da última vez em que se olhara. Seu rosto submergia em cansaço.

Tinha a sensação de, em dias, ter atravessado séculos. O estado ininterrupto de atenção a esgotava. Precisava decidir sobre coisas que desconhecia, o trabalho, por exemplo, e redesenhar um universo particular, aniquilado com a perda do marido.

Na parte superior do móvel, a caixa de papel com estampas florais conservava as poucas fotos do casamento. Ao abri-la, emocionou-se ao lembrar do instante em que a imagem tinha sido captada pelo fotógrafo português, conhecido de Antonio desde a adolescência. Ela posava ao lado do marido. Vestido branco bordado com flores minúsculas nas mangas e no colo, meias finas e sapato de fivela da mesma cor. O cabelo escuro ordenado num coque perfeito. Sorrisos amplos. O olhar luzente e castanho do noivo, o terno marinho à espera do anoitecer. O buquê de camélias brancas a celebrar a união.

Com olhos flamejantes, Virgínia mirou suas roupas dispostas no armário ao lado das vestes do morto. Poucas camisas alternavam-se entre o branco, o bege e o azul, calças asseadas e limpas, usadas no armazém, permaneciam separadas do terno do casamento, guardado para ocasiões especiais. No bolso interno do paletó encontrou, como esperava, a chave da gaveta da mesa de cabeceira. De posse do objeto com ranhuras prateadas, agachou em frente ao móvel, ajustando a chave na fechadura e girando-a para a direita. Ouviu a engrenagem de metal se mover até soltar-se por completo. Puxou o trinco, em busca da prateleira que acomodava sobre si outra caixa, dessa vez de madeira compacta e pesada. Trazida de Portugal, forrada por um tecido aveludado, sem brilho, reunia o dinheiro para os gastos do dia a dia. Virgínia juntou notas e moedas sem se debruçar sobre o valor acumulado. Colocou o dinheiro sobre o pequeno tapete que ladeava a cama. Cautelosa, tocou o veludo roto, puxando uma das pontas do tecido para cima até deslocar o fundo falso da caixa, onde ficava outra chave, dourada e menor do que a primeira. A peça dava acesso à última gaveta da cômoda do casal, na qual adormecia a terceira caixa de madeira escura, talhada para não despertar a atenção. Um sentimento soturno varou a espinha de Virgínia ao ver a chave mal-arranjada dentro do pequeno saco de camurça vermelha em que costumava repousar, sob o fecho de um laço bem dado. O objeto resguardava a possibilidade de preservá-la do desamparo, constituindo sua única chance de serenidade naquele momento. Depois de usar as economias para a compra da mercearia, Antonio conservava ali todo o dinheiro que vinha juntando para o futuro, fruto do trabalho árduo. Mesmo ignorando a exatidão dos valores, a viúva tinha certeza de que não haveria de passar necessidade com as crianças. Decerto, ali estariam também o registro da loja e o contrato de aluguel da casa.

Ela atravessou o quarto, dirigindo-se à cômoda em que dispunha as roupas das crianças. Depois de girar a chave nas duas fechaduras da gaveta de madeira maciça, empenhou-se para descerrá-la com um movimento lento e vigoroso. O móvel foi redesenhando seu lugar no espaço enquanto deixava entrever o interior. Ela suspirou de alívio ao ver a peça retangular no devido lugar. Decidida, retirou-a da gaveta para pousá-la na cama. A tampa, porém, deslizou frouxa. Ao abri-la, uma onda de frio e vertigem a fez cair desfalecida.

★★★

Quanto tempo leva para se deixar de sofrer? Um mês, um ano, décadas? Toda a vida? Quanto para serenar o coração, conceder a si mesma uma hipótese de paz? Como encontrar esse sentimento nobre, por vezes, impalpável? Qual a dimensão da perda para quem foi jogada ao desfiladeiro e permaneceu viva com a pele arrancada por pedras e os órgãos perfurados por espinhos? Como estancar a perda inominável de um filho, o fim de um amor, a partida da mãe?

A dor que se experimenta no peito é sempre a mais vigorosa, a menos sutil. Por instantes, tentei imaginar a quem caberia tormenta maior: a mim ou a Virgínia? A mim, que aceitei me livrar de meu filho, sem qualquer ponderação, e acrescentei ao indizível a perda de um grande amor? Ou a Virgínia, pega de surpresa pelo desaparecimento de Antonio e pelos contornos que sua vida assumiu? A isso se somava a culpa e o quanto me custava aprender que não há ponderação possível quando se fala de sofrimento, de sua eventual serenidade, seus múltiplos descaminhos.

A insônia da noite anterior pesava sobre mim. Separei legumes para a sopa. Ao cortar as cebolas, meus olhos se encheram de lágrimas, choradas sem covardia. Com a vista em brasa, procurei a panela de pressão. Um fio de azeite, cebolas douradas, cenouras, abóbora e vagens bem picadas, água, uma pitada de sal, à qual se sobreporia a pimenta. Em breve, tudo se transformaria em um creme denso, calmante para o corpo e a alma. O choro me levou ao desamparo de quem engole a salmoura das próprias lágrimas. Não havia quem pudesse me consolar, estivesse eu só na casa de mamãe como estava ou cercada de generosidade.

O calor da panela umedeceu os azulejos da cozinha. O vapor aderiu à vidraça. O prato fundo disposto sobre a mesa. Ao lado, a colher de metal prateado. O ralador cobiçando o parmesão. O guardanapo de pano bem passado. O copo vazio à espera da água. A chama acesa do fogão. A tristeza de uma única lâmpada acesa a zelar por mim e por aquela refeição.

Quinto dia

O pranto da noite anterior mal me dera trégua. Permaneci no sofá, entre a vigília e o sono, por horas encolhida, entre o florido das almofadas de mamãe e o ímpeto de reconhecer o rosto do bebê que eu perdera, de imaginar como teria sido a vida se ele existisse. Quando o desatino estava prestes a me atropelar uma vez mais, dei um basta. Levantei e subi as escadas para o quarto. Tirei a roupa e deitei sob um edredom leve, dormindo de imediato.

Acordei por volta das dez. Os sonhos escaparam da minha mente. A ressaca sorria de soslaio para ver até onde poderia se impor. Eu não precisava ter pressa. No entanto, bastava de chorar como uma excomungada, de sentir pena de mim. Saltei da cama para tomar um banho. Os cabelos molhados ajudavam a esquecer a noite tempestuosa. Calça jeans, tênis e camiseta brancos. Com uma xícara de café na mão, abri a geladeira. Havia comida para quase três dias. Depois, eu seria obrigada a romper o isolamento e voltar a existir no mundo real. Em todos aqueles anos, só ele tinha capacidade de me acudir. O mundo real e suas reivindicações concretas. As exigências pessoais e profissionais constituíam minha salvaguarda, minha teimosia de viver.

Na mesa da sala, cartas trocadas entre Virgínia e a avó Cecília registravam o amor delas por Teresa, minha mãe. Sem condições de manter a filha em São Paulo, Cecília se esfalfava no trabalho em oficinas de costura e, mais tarde, em fábricas da capital para mandar dinheiro para Virgínia criar a neta, no interior. Na última fábrica, as operárias trabalhavam sem descanso, das sete da manhã às cinco e meia da tarde. Carmen, a supervisora, agia como capataz. Era baixa e roliça, cabelos claros sempre presos num rabo de cavalo curto e ensebado, olhos de espada, voz de escárnio. Diferente das outras, usava apenas calça escura com uma camisa sem cor que não marcava o corpo, uniforme repetido à exaustão, livre de vaidade. Nunca deixava escapar um nada sobre sua vida, nem demonstrava fragilidade ou dúvida, como se fosse incapaz de errar. As subordinadas julgavam que não tinha marido nem filhos. Talvez vivesse sozinha ou com um parente avarento, o que a deixava cada dia mais amarga. Segundo mamãe, vovó dizia que sua voz ecoava nas mentes daquelas mulheres como a batida de um martelo sobre a cabeça de um prego minúsculo, envergado, que cai no chão sem suportar a pressão, tampouco furar a parede.

Carmen gritava o dia inteiro, chamando as mulheres de preguiçosas, dizendo que demoravam demais para terminar as peças, vigiando o ritmo delas sobre as máquinas de costura. A fábrica não era lugar de conversa. Quem não quisesse trabalhar, que se pusesse dali para fora, pois não faltava gente honesta precisando de emprego. Se quisessem ir ao banheiro, tinham de pedir e esperar a boa vontade de Carmen para dar permissão. Se acontecesse de alguém não aguentar e molhar a roupa, era humilhada por ela, que chamava a pobre de mijona para todo o salão ouvir. Controlava quantas vezes cada uma se levantava, deixava seu posto de trabalho e quanto demorava a voltar. Se uma mulher passava mal, dizia que era frescura, coisa de vagabunda. Pior ainda se estivesse grávida: pensava o quê? Só porque tinha aberto as pernas por aí tinha de ter vantagem? Na fábrica, não. Filho não era desculpa para indolência. A maior parte das mulheres era casada, mas Carmen as xingava como se fossem prostitutas.

Para a vó Cecília, dava tratamento especial: todo dia se aproximava, rondava a máquina, observava seus movimentos; se prestava atenção no serviço, tentava deixá-la nervosa. Olhava com desprezo as camisas prontas, colocadas em uma pilha, ao lado. Pegava uma, duas, na terceira fazia questão de encontrar defeito. No começo, vovó tentava se defender, mostrar que ela estava enganada. Aos poucos, percebeu que não adiantaria. Tinha de refazer as camisas separadas em silêncio. Um punho, a casa de algum botão, o corte de uma gola, um arremate perfeito que ela dizia estar torto. Tudo antes de terminar a quantidade de peças do dia. Para Carmen, a vó Cecília não passava de uma aleijada. Não podia ter paz.

As operárias tinham quinze minutos de almoço. Tempo que mal dava para se alimentar, que dirá iludir-se com um descanso imaginário. Era comum minha avó não ter nada, além de pão, para comer. Em dias bons, levava ovo ou banana, com sorte uma garrafinha de café quente. Trabalhava de barriga vazia, com tontura de fome. Mamãe contava de uma mulher chamada Maria, que costurava ao lado de minha avó e insistia sempre em lhe dar um pouco da sua marmita. Vovó se negava a aceitar comida de alguém que tinha tão pouco quanto ela. Nessas horas, era difícil esconder a vergonha, disfarçar a vontade. Quando a fome a derrotava, impedindo-a de dizer não, ela saboreava um tiquinho daquela comida, como um quitute que jamais voltaria a experimentar.

Em sua vida consumida pelo trabalho e pela miséria, não faltavam parentes que se valiam da humildade da minha vó Cecília para aproveitar-se dela, convocando-a a realizar serviços domésticos variados e de porte nas casas alheias, além de costurar de graça, sem descanso. No entanto, não era de humilhações que falavam as cartas. Sobre elas, quem costumava falar era mamãe ao lembrar o quanto se irritava ao ver a exaustão de minha avó e sua falta de autocompaixão, de amor-próprio, impedindo-a de dizer não aos abusos de quem poderia protegê-la ou, ao menos, ajudá-la.

Os resquícios das vidas de Virgínia e Cecília, aliados às lembranças tão próximas de mamãe, me faziam refletir sobre o que tinha sido minha própria existência. O vício de viver nos tocava a todas, mesmo nas horas em que desistir parecia ser a única escolha possível, por teimosia, sempre evitada.

★★★

Escritório nos arredores da Paulista. Vão-livre do Masp, sexta-feira. O "Som do meio-dia" ainda fazia sucesso, horas antes do fim de semana. Show começado. Meu rosto em chamas sob o sol. Não devia ter dito aquilo. O inverso de todo o desejo. Do meu amor aniquilado. Meu arrependimento suspirava em busca do pesar que Daniel não manifestaria. Aplausos para o cantor. Soluços me faziam engasgar. Vozes reunidas em torno de uma música sentimental. As lágrimas untavam minha pele já úmida de suor. O inchaço se apossava do meu rosto. Eu não me importava. Um desconhecido me ofereceu uma caixa de lenços. Eu não o tinha visto antes. Não via ninguém. Aquela caixa exalava realidade. Onde eu estava? Um sopro de lucidez me sacudiu. Bastava. Daniel não merecia um segundo a mais dos meus dias. Ele me roubara duplamente a alegria. Não poderia haver perdão. Peguei alguns lenços da caixa. O público pedia bis.

"Quer um pouco d'água? Tenho uma garrafa fechada."

"Obrigada."

Bebi o líquido gelado sem pressa. Outro gole. Minha respiração reencontrava seu ritmo. As pessoas começavam a se dispersar.

"Qual é seu nome? Para onde você vai? Posso te acompanhar? Você está se sentindo bem?"

"Sim, sim, daqui a pouco tenho de estar no trabalho."

Chamava-se Francisco. Caminhou ao meu lado por algumas quadras em direção ao centro da cidade. Ao alcançar a esquina do escritório, paramos na padaria onde eu costumava beliscar.

"Você está melhor? Amanhã, às seis, vou ao Belas Artes. Quer vir comigo?"

Estranhei aquele convite direto. Mas não quis recusar. Disse um "sim" desprovido de certeza.

"A gente se encontra na entrada do cinema às cinco e meia. Pode ser?

"Pode, acho que pode."

Manhã de sábado. Eu tentava trazer à mente a feição de Daniel ao me ouvir falar. Apesar de óbvias, as palavras me serviam de escudo. Eu julgava que, contra ele, jamais haveria ódio. Mais de uma vez pensei em desistir do cinema. Eu me acostumara à segurança da dor. Não queria arriscar perdê-la. Não, eu não iria. Sequer conhecia o filme ou os atores. Precisava aguar as plantas, podá-las. O verão se aproximava e o perfume do quintal me atraía muito mais do que o cinema com um desconhecido do outro lado da cidade. Se eu não fosse, tudo ficaria em paz. Guardaria na memória a compaixão de alguém pela angústia de uma estranha. Ele não me dera seu telefone, tampouco pedira o meu. Ponto final. Voltaríamos à estaca zero. Almoçamos mamãe, papai e eu.

Nenhum programa à vista. Decisão tomada. Quase quatro da tarde. Última chance. A água morna do banho apaziguou o calor. Ao sair, balancei a cabeça, jogando os cabelos molhados para a frente e para trás. As gotas d'água espalhavam-se pelo ambiente devolvendo a leveza aos fios. Mamãe me dera de presente dois vestidos de verão. Um deles, de viscose azul-turquesa esverdeado com pássaros estampados em sobretons , tinha um decote pouco insinuante e delineava levemente minha cintura. Seria perfeito para aquela tarde. Desci as escadas. Meus pais me olharam com espanto.

"Vai sair, filha?"

"Vou ao cinema com um amigo."

"O vestido ficou ótimo em você! Precisa de alguma coisa?"

"Não. Vou pegar o ônibus até o metrô. Não vou voltar tarde."

Minutos antes das cinco e meia, virei a esquina da Paulista com a Consolação. Chico esperava no lugar combinado.

"Quer casar comigo?"

Arregalei os olhos. Sorri de sobressalto.

"Você está falando sério?"

"Claro! A gente se gosta. Todo dia o que me importa é saber de você. Da hora de te ligar para ouvir sobre a cor do seu vestido, o que comeu de almoço, quantos metros nadou de manhã. Quando vai querer me encontrar. Se sonhou comigo sem cair da cama. Quando vai reconhecer que sou o homem da sua vida."

Nunca tinha imaginado ouvir aquela frase, supostamente desejada pelas mulheres. Há quanto tempo estávamos juntos? Quase dois anos depois daquele cinema em sua companhia. Ter alguém para dividir a vida me parecia uma ideia distante.

"Além disso, você é advogada em um escritório importante. Recém-contratada, é verdade. Mas com ótimas perspectivas pela frente. Já eu, sei que meu maior talento está na ponta dos dedos. Minhas maquetes têm rendido uns bons trocados para um começo da carreira. Sou minucioso e o pessoal gosta do meu trabalho. Dizem que tenho os dedos leves e precisos, bons para criar detalhes e dar acabamento aos projetos. Um cliente falou que consegue ver a vida vibrando nas maquetes que construo. A gente não precisa de muita coisa. Podemos comprar o básico: fogão, geladeira, cama. Uns lençóis, uns pratos e panelas. Alugar um apartamento próximo do centro e pronto!"

Chico guardava os olhos radiantes.

"Depois, a gente vai se ajeitando. Montando a casa. Ganhando criança. Que tal?"

Depois do primeiro cinema, Chico passou a ocupar meus dias com arte, cidade afora. Conhecia os circuitos que associavam reflexão, sensibilidade e preços acessíveis. Sugeria shows, filmes, exposições. Eu me deixei levar. Aprendia com ele até começar a escolher. Partilhávamos a construção de um caminho que em nada se aproximava de uma relação professoral, na qual ele era o mestre e eu a aluna, embora sua mãe, como a minha, fosse professora. O pai era funcionário público de nível médio em uma agência estatal. A casa ficava no bairro histórico do Ipiranga, na zona sul de São Paulo, enquanto eu vivia na zona norte. A escola pública.

O conforto remediado. A máxima "os opostos se atraem", da qual sempre discordei, não valia para nós, tampouco para o passado que trazíamos de família.

Ele demorou a perguntar o motivo do meu choro sob o vão-livre do Masp. Não sei se não se importava ou se esforçava em não querer saber. Primeiro, conquistou minha amizade. Meses depois, quando o namoro começou, questionou:

"O que aconteceu no dia em que nos conhecemos?"

"Discuti com um rapaz da faculdade."

"Por quê?"

"Besteira."

"Você estava muito nervosa para ser besteira."

"Era um cara inconveniente. Nem no último dia de aula deixou de me provocar. Eu tinha batalhado muito para entregar os trabalhos. Estava cansada. Perdi a paciência."

Chico parecia não acreditar na resposta. Fingia esquecer para, de tempos em tempos, insistir em detalhes que eu evitava responder. "Quem era aquele cara? O que tinha feito para me irritar? Ainda o encontrava?" A cada cinco, seis meses, eu inventava algo para desconversar. Chegou, porém, o dia em que, mais segura e sem ter razões para mentir, contei sobre Daniel. O namoro, a separação, a tristeza sem medida que me fizera adoecer na adolescência e, mais uma vez, tinha me acometido. Nenhuma menção ao bebê. Eu mantinha o segredo guardado. Daniel faria o mesmo?

O pedido de casamento me surpreendeu. Uma lâmina de alegria tocou meu corpo. Com Chico aprendi a me aceitar. Os dias ganhavam a concretude necessária para eu não sofrer. Deixei de gastar horas especulando sobre as mil impossibilidades de estar com Daniel, a quem fui trancando em uma armadura, um calabouço ao qual não desejava, nem pretendia voltar. Eu acordava cedo. Três vezes por semana, colocava o maiô por baixo de uma roupa esportiva, toalha de banho, xampu e chinelos na mochila. Do outro lado, sapato de bico fino e meia de seda guardados à parte. Calça e camisa passadas e penduradas em um cabide para levar ao clube e vestir, depois de nadar. Às vezes, uma saia, um vestido. Braçadas em dia, partia para o trabalho. Fim de tarde, um café, um bar ou um cinema se transformavam em ponto de encontro com Chico. No escritório, minhas chances de progredir exigiam concentração no conjunto dos fatos e muita atenção a detalhes e prazos. Como as maquetes para Chico, me empolgavam as minúcias da lei associadas às formas de interpretá-las, embora o escritório se dedicasse a questões distantes dos meus propósitos profissionais, relacionados à Defensoria Pública.

Meus lábios mantiveram o sorriso admirado enquanto a voz de Chico brincava com minha imaginação. Dizer "Eu sou o homem da sua vida... Panelas, lençóis... Apartamento... Criança". Ponto final na narrativa de futuro.

A vista sobre a Nove de Julho se abria ao norte da cidade a partir dos fundos do vão-livre do Masp. Sentados em nosso lugar favorito, avistávamos árvores longínquas, automóveis paralisados. Me apressei em direção à calçada. Metrô. Qual era o mais próximo? Chico veio atrás de mim.

"O que foi, Beatriz?"

Eu precisava voltar para casa. Meu quarto. Quantos obstáculos até chegar lá? Eu apertava o passo. Chico fazia perguntas logo atrás.

"O que aconteceu?"

Ganhei a calçada, e passos alheios aos meus me alcançaram. Chico me segurou pelo braço.

"Não estou entendendo nada. Você pode parar e falar comigo?"

Vozes em desordem. Motores de carros. Faróis e faixas de pedestres. O vermelho das colunas perfeitas de Lina. A placenta raspada no lixo. Vermelha. Com força, soltei meu braço da mão que me prendia. Multidão.

Manhã de domingo, dez horas. O telefone tocou. Três, quatro vezes.

"Oi, Chico. Ela ainda não veio tomar café. Não sei se já acordou. Sim, peço para ela te ligar. Beijo para você também."

Atravessei a noite em vigília. Meus fantasmas a postos. A lembrança física da perda e de suas consequências maculou a madrugada, avançou sobre a manhã. Lutei uma vez mais. Peguei de volta as pedras do caminho. Reavaliei seu peso, dimensão, aspereza. Se livrar-me delas era impossível, ao menos eu sabia o quanto me custara transpô-las. Não, eu não as enfrentaria novamente. Não as carregaria até o topo da montanha para vê-las rolar de volta impassíveis. A dor se consolidara e me dava pulso para viver, não sem medo, mas com determinação. Em segredo. Eu não teria filhos. Não ganharia criança alguma. Tampouco incorreria no risco de perdê-la outra vez. Estava decidido.

Fingi dormir enquanto mamãe abria a porta do quarto. A luminosidade do verão que se aproximava ultrapassava as venezianas fechadas. Ela entreabriu suavemente uma das folhas da janela para deixar entrar o sol. Um gesto que eu, desde pequena, a via repetir. Sem ruído, fazia girar o trinco da janela enquanto a natureza do dia percorria as paredes do quarto, moldando-se à minha pele. Já era tarde e Chico tinha ligado. Hum. Ela anunciou que tomara o café com papai e que eu perdia tempo sob o lençol. Eu devia almoçar e sair com Chico. Aproveitar o dia. Saí da cama com agilidade apesar de não ter pregado os olhos. Pressenti a dor de cabeça se aproximando. Ela me deu um beijo. Disfarcei o cansaço e a borrasca noturna e retribuí. Não queria deixá-la perceber minha instabilidade. Menos ainda permitir que o sentimento me tomasse.

Ao café tardio sucedeu-se o almoço, a sobremesa, a louça dominical, mais café, o cochilo de papai na sala, a vontade de desligar a televisão.

"Você não vai falar com o Chico, filha?"

Respondi algumas vezes, sem maiores justificativas. A desimportância do cotidiano foi evocada até o anoitecer. Quando o telefone tocou novamente, a segunda-feira já assombrava a escuridão do domingo. "Diga, por favor, que estou com dor de cabeça", o que era real, embora insuficiente para me impedir de falar. Mamãe não fez mais perguntas.

Chico telefonou todos os dias da semana perto da hora do almoço e pouco antes de o expediente acabar. Fingi não ouvir. Pedi aos colegas o favor de inventar desculpas, que poderiam ser verdadeiras, mas não eram. Eu ligaria mais tarde. Estava ocupadíssima, em reuniões, atendendo alguém, fazendo pesquisas urgentes para processos inadiáveis. Não atendi.

Sexta-feira, seis da tarde.
"Bom fim de semana, seu Zé."
"Bom descanso, doutora."

Os enfeites de Natal começavam a tomar a cidade em um misto de beleza e pieguice. Cruzei o portão de ferro alto. Virei à direita em direção à Paulista. Chico estava à minha espera. Colocou-se no meio da calçada com a intenção de me fazer parar. Olhei para ele e continuei andando.

"Beatriz, você não vai falar comigo?"

"Desculpe, tenho um compromisso."

"Compromisso? Você me deixa falando sozinho sem qualquer explicação. Não me responde nem me atende a semana toda e, agora, diz que tem compromisso? O que aconteceu?"

"Eu preciso ir, Chico. Não posso me atrasar."

Eu subia a Bela Cintra em direção à avenida. Caminhada em ritmo normal. Passadas maiores. Passadas mais rápidas. Passadas apressadas. Quase a correr. Ele me alcançou fácil e estancou na minha frente.

"Pare, Beatriz!"

Tentei me desvencilhar. O corpo alto, aconchegante e imóvel me impediu. Súbito, ele abaixou a cabeça, encaixou o rosto diante do meu e, sem me dar tempo de reclamar, alcançou meus lábios, traduzindo em um beijo o amor, a raiva e a incompreensão que sentia. Não pude resistir. A guarda da muralha recentemente levantada evaporou-se. Chico me amava com delicadeza e persistência. Entrega e insegurança inundavam o redemoinho de quereres a me rondar.

Chico imprimia em minha cintura o vigor de suas mãos, alçando-as às minhas costas, encaracolando-se em meus cabelos. A bolsa titubeou do meu braço até o chão. Esqueci o risco de ser roubada. Eu buscava o rosto cuja barba, sempre por fazer, enganava quem supunha que estivesse em fase de crescimento. O redemoinho me jogava ao passado e a um futuro de perspectivas desconhecidas que eu não conseguia intuir. Nossas línguas entrelaçadas. Dentes mordiscando os lábios. A barba roçando meu rosto, meu pescoço. Eu puxava o ar para prolongar o fôlego. A felicidade, esse átimo diluído na possibilidade de vislumbrar o lado bom da vida, me alarmava. Aos poucos, descolamos os lábios um do outro. Arfávamos em ritmo desigual. Encostei a cabeça no peito dele. Meus cabelos em desarranjo. Fechei os olhos ao ouvir bater seu coração. Descobri que recobrara a possibilidade de amar.

"Beatriz, não me abandone assim. Eu preciso saber o que está acontecendo."

Segurei a vontade de chorar. O passado era um roseiral sem flor, infértil e seco. Terra árida desgarrada da vida. E a vida era só o que eu almejava, tão exausta me sentia no anseio de sobreviver.

"Não quero ter filhos. Se quiser ficar comigo, essa é a condição."

Com a cabeça em movimento semicircular, Chico me interrogou sem palavras. Eu jamais mencionara doença ou impedimento que justificasse tal imposição. Não demonstrava antipatia nem impaciência com crianças. Então, por que não ter filhos em definitivo? Eu sabia que, para ele, a condição apresentada em um rompante aparentemente indiscutível não fazia sentido algum. Se eu nunca falara a respeito, ele tampouco. Experimentar, outra vez, a promessa de maternidade não era uma perspectiva. Já, para Chico, a ideia de ter filhos parecia natural. Nunca tínhamos tocado no tema. Éramos jovens e o presente nos ocupava com intensidade.

A mãe e a irmã eram bastante presentes na vida dele, que pouco falava do pai. Os passeios de mãe e filhos pela cidade constituíam uma de suas lembranças mais intensas. Andavam a pé pelo Ipiranga, observando as casas de classe média baixa em contraste com as mansões dos industriais. No Parque da Independência, os irmãos podiam brincar e passar horas desenhando nos cadernos que Ana levava para os filhos. Hábil desenhista, ela observava edifícios, plantas, flores, pessoas e a arquitetura do parque e do Museu Paulista, captando detalhes com realismo. As crianças a imitavam. A distração infantil nunca abandonou Chico, que convertia elementos da natureza, folhas, galhos, pedras, terra, em representações tridimensionais do espaço. Na escola, respondia pela confecção de plantas e maquetes em aperfeiçoamento constante: papéis de tipos variados, palitos de sorvete e churrasco, caixas de leite e fósforos, cola, tesoura e tinta transformavam-se em ruas, casas, prédios, jardins. Pessoas de argila ou massa de modelar. A motricidade fina sempre estimulada o levaria à arquitetura. O que Chico entendia por filhos? O reencontro com suas memórias de infância? A recusa à ausência do pai? Eu não queria vê-lo partir, embora a maternidade tivesse findado para mim antes mesmo de poder experimentá-la.

Davi anunciou sua chegada com um choro destemido. As luzes do centro cirúrgico em furta-cor. A médica orgulhosa. O sorriso inesquecível de um Chico pálido atrás da máquina fotográfica. A enfermeira limpou as narinas, o rosto, o corpo liberto e desprotegido do bebê com mãos ágeis. Eu podia ver a balança à esquerda da maca. Não consegui distinguir o peso. Ouvi-a dizer a hora do nascimento, as medidas tomadas do menino. Com prática e firmeza, enrolou-o em um lençol limpo, intacto. Eu acompanhava seus movimentos quando se virou e pousou a criança em meus braços. Ouvi o clique da máquina. Nossa primeira foto. Chico encostou a cabeça com touca azul-anil em minha touca verde-água. O anestesista aproximou a câmera do rosto e nos chamou. Outro clique. Não havia metáfora para descrever o caminho que me levara até ali. A maternidade conquistada tal qual o imperativo de viver. A respiração do recém-nascido. A aceitação da maternidade como o direito ao próprio perdão. Um dia de semana. Uma noite branca sob a cidade insone.

Dois anos e meio depois. A mesma médica. Noite fria de primavera. A cidade e sua florada infinita de sons. Não havia dilatação. Eu queria aguardar mais. Andava dia após dia, subia escadas. Sem descanso. Dilatação era o que precisávamos, o bebê e eu. Bolsa estourada. O mesmo hospital. Eu caminhava no corredor sob o olhar apreensivo de Chico. Seis horas de internação. Passo a passo. Oito horas. Dez.

"Beatriz, não podemos mais esperar. É perigoso. Vou chamar a enfermeira."

Ela me examinou. Paramos nos três dedos.

Antessala de cirurgia cheia. Eu e outras mulheres aguardávamos a hora de dar à luz. A assepsia metálica do lugar me perturbava enquanto tomava conhecimento da vida dos enfermeiros. Um namoro, uma compra, a vontade de entrar em férias, os assuntos repercutiam entre medicamentos, agulhas e macas que partiam para as salas de parto fazendo desaparecer os últimos instantes de apreensão que separavam mães e filhos.

"Vamos, Beatriz?"

Ajeitei como pude o corpo na maca, feliz por deixar a sala gélida e me furtar à conversa alheia. Tentei ignorar a agitação do centro cirúrgico concentrando-me em adivinhar os traços do meu filho. Anestesia. Instrumentos. Um lençol azul ajustado tal qual uma cortina sob o meu peito separava a visão dos procedimentos realizados em meu corpo. Vozes ecoaram em surpresa tensa. Tive a sensação de que a inquietação pousara no ar. Eu ouvia os comandos da médica sem identificá-los com exatidão. As brincadeiras na sala de parto foram interrompidas. A médica se aproximou e pegou minha mão.

"Você tem muita sorte, Beatriz. Podemos ver o rosto do bebê sob a placenta. Ela está tão, tão fina, que se esperássemos mais, arrebentaria."

Arregalei os olhos sem compreender a dimensão daquelas palavras.

"Eu poderia perder o bebê, doutora?"

"Nós perderíamos vocês dois, Beatriz."

Minutos se passaram. O choro estridente de Pedro. Parabéns! Parabéns! Peso e medidas tomadas, recebi meu bebê nos braços. Chico portava outra touca azul. Meus cabelos se enrolavam em um coque desalinhado sob uma touca branca.

Os meninos tinham olhos espertos, sentidos vivazes. Pele morena, como a de Chico. Cachos suaves, como os meus. Fraldas, febres e resfriados divididos com Chico. Passaram os primeiros anos na casa de mamãe. Aos três, foram para a escola. Eu levava, Chico buscava ou o inverso. Eu trabalhava das nove às seis. Ele prezava seu horário flexível. Eu mandava pão integral com queijo branco para o lanche. Para Chico, criança precisava de bolo de chocolate. Eu mandava fruta, ele insistia no chocolate. Eu reclamava, ele ria, dizendo que era só daquela vez. Davi quebrou o braço. Pedro levou pontos no supercílio. Os dois ralavam joelho, cotovelo dia sim, dia não. Nós fazíamos curativos. Qualquer um podia ir ao médico e às reuniões da escola. Às vezes, íamos os dois. Davi inventava músicas e esquecia de fazer a lição de casa. Pedro ia mal em Português e construía engenhocas com pedaços de objetos quebrados e sucatas.

No início, éramos apaixonados. Tínhamos sonhos em comum. Tínhamos sexo e afinidades. O circuito de cinema independente e de arte. A música popular brasileira. A literatura. Passeios a pé pelas ruas da cidade. Horto Florestal, Museu do Ipiranga, Ibirapuera. Quando ganhei a câmera fotográfica, vi minha inabilidade diante das máquinas revelar-se em possibilidades criativas, atordoando meu exíguo poder de atenção. Aprendi a compor imagens, mesmo com dúvidas sobre luz, abertura da lente, foco e nitidez. Poucas poses e muitos detalhes compunham o mosaico da vida registrada por mim. Os meninos. Mamãe e Ana. Meu pai. Raramente Chico, cujo presente fazia meu olhar reverberar em lembranças pela casa e aplacar a frustração crescente de ver o sonho da Defensoria mais e mais distante. No escritório, o bom desempenho me fazia ser reconhecida com aumento de responsabilidades e participação cada vez maior nas decisões estratégicas em prol de causas de clientes poderosos. Quando me dei conta, não havia meios de abandonar tudo para recomeçar a carreira sob outra perspectiva.

Conquistamos o apartamento a prestações na adolescência dos garotos. Depois de anos de casamento, era a hora de nos reinventar. Fui ficando mais atarefada. O excesso de trabalho levou ao excesso de ausências, os compromissos inadiáveis aos cuidados à distância. Vivíamos em mundos distintos, meu marido e eu, meus filhos e eu. Era comum levar trabalho para casa. Os meninos se tornando independentes. As conversas começando a rarear, dando lugar aos milhares de detalhes cotidianos. Obrigações, exclusivamente. "Você pagou a conta do celular? Comprou o gás? Deixei a carne temperada, pode colocar no forno? Quando a Maria vem fazer a limpeza? Ela devia ter vindo ontem e não veio. Você pode passar no mercado? Precisa comprar... Não esquece de... Hoje é o último dia. O Davi precisa. O Pedro pediu." Não havia nada mais a desvendar. Perdemos a curiosidade um pelo outro. Não sei se não percebemos o que acontecia ou se apenas ousamos experimentar. Até onde seríamos capazes de ir? Fomos avançando. A proximidade física já não nos mantinha unidos. Mesmo carro, mesma cama, mesmo teto em paralelo a desejos distintos. Mas, se eu não pensava no que queria, ignorava também a vontade de Chico. Branco e preto. Água e vinho. Som e silêncio. Salto alto e tênis velho. Incompatibilidade traduzida em pequenas coisas. Indiferença. No lugar do sexo, tédio. Em vez de conversa, impaciência. A voz dele me irritava. Se ao menos ficasse quieto. Não havia mais beijo de boa-noite. Um ia para o quarto aproveitando a distração do outro para não se despedir. Quando me deitava, evitava me aproximar dele mantendo clara a fronteira invisível a nos apartar. Sumiram os bilhetes carinhosos. Acabaram os agrados que levávamos um para o outro a caminho de casa. Deixamos de ver graça nas mesmas coisas, de rir das mesmas piadas. Não havia mais piadas. A arte já não interessava aos dois da mesma forma. Ele ia ao cinema, eu à exposição. Eu ligava o secador de cabelo de manhã cedo sem me preocupar que fosse acordá-lo. Resposta ao cinzeiro sujo impregnando o ar da sala. Ele deixou de cuidar do meu carro e dos consertos domésticos. Eu tive de bater cabeça, aprender. Ou pagar alguém para arrumar. Estávamos à beira de um curto-circuito. No entanto, não houve explosão. Desistimos um do outro de forma leve e tácita. Quase uma concessão, quase sem dor. Um pacto sem palavras raptou nosso suor, nossa vontade, nosso amor. Os garotos estranhavam. Não puxavam o assunto. Acho que preferiam não demonstrar preocupação, interessados na vida que a eles se revelava. Talvez pensassem que éramos velhos demais para manter um romance. Afinal, romance não rimava com casamento. Eu não os culpava. Se não disfarçávamos, também não abrimos o jogo com eles. No fundo, não abrimos o jogo entre nós.

Hoje, sei que a percepção que meus filhos tinham do meu amor foi sendo desbastada pela minha ausência. Quase não nos víamos. Contato, de preferência, virtual. Trabalho e estudos durante a semana. Sábados e domingos, mamãe, amigos, namoradas. Sempre faltava alguém à mesa. A ausência virou hábito. Vivíamos sem contar que o outro estivesse por perto. Eu pensava que eles não precisavam mais de mim sem perceber que eu é que precisava deles. As fotos pela casa foram se tornando imperceptíveis, como se nenhum de nós pertencesse àquele passado. Nosso vínculo, convertido em formalidade. Deixei que se afastassem por medo de incomodá-los, de pedir ajuda. Não percebi o quanto também sofriam. Davi foi estudar música. Pedro, como o pai, enveredou pela arquitetura. De longe, eu os vi amadurecer.

Antes do Alzheimer, mamãe já exibia falhas na firmeza dos passos, na destreza dos movimentos. Quando a exigência de cuidados culminou na impossibilidade efetiva de melhora, troquei a já pouca atenção dada a Chico e aos meninos pela dedicação a ela. Mesmo antes de me separar, já era dela o meu tempo livre. Configuração que foi se firmando como uma desculpa, com toque de conforto. Entre mim e Chico, não havia reclamações. Somente avisos monossilábicos para evitar apreensões, enganos desnecessários. "Vou passar na mamãe antes de voltar para casa. Vou levar mamãe ao médico. Mamãe precisa de um sapato novo. Este bolo é para ela."

Um dia, meus homens assumiram para si o abandono que lhes dediquei.

Junho. Quinta-feira à noite. Véspera de feriado prolongado.

"Chico, tudo bem?"

Luzes acesas no quarto e no escritório. Coloquei as chaves no pote de cerâmica, ao lado da entrada. A bolsa pousou sutil sobre as almofadas do sofá. Tirei os sapatos pretos de salto, aproximando-os da porta que separava sala e cozinha da área íntima da casa. Mexi os dedos dos pés como se dedilhasse um piano. Estiquei as solas para a frente e para trás. Fiz girarem os tornozelos de um lado a outro. Caminhei até a cozinha para beber água. O que faria de jantar? Os meninos chegariam mais tarde.

"Chico? Cheguei."

Não houve resposta. Com os sapatos nas mãos, dirigi-me ao quarto. Empurrei a porta entreaberta. A mala de viagem estava fechada. Sobre ela, o casaco de inverno azul-marinho e a pasta com documentos pessoais. Ao lado, Chico sentado na cama.

Ele mirava o movimento intrépido da cidade por meio do vidro fechado da janela. Luzes piscavam nos apartamentos vizinhos. Os televisores ligados brindavam a rotina noturna com histórias e falácias. As cozinhas ganhavam vida sem que fosse possível sentir seus aromas. A iluminação de janelas menores permitia imaginar os corpos cansados sob a água quente dos chuveiros.

"Chico?", insisti, atônita. "O que aconteceu?"

Ele permaneceu imóvel, sem se virar para trás.

"Vinte e um anos."

Afastei a mala para sentar a seu lado.

"Chico?"

Coloquei a mão dele entre as minhas. Murmúrio de lágrimas graúdas.

"Nós dois. Não seríamos mais nós dois?"

Culpa e arrependimento solapavam meu raciocínio. Fios de memória iluminavam bordados de fatos esquecidos. A caixa de lenços de papel no vão-livre do Masp. Os telefones não trocados. A decisão de encontrá-lo pela primeira vez. Atravessamos a passagem do século sem perceber e, depois dela, tantos novos anos já tinham se tornado passado. A brevidade do tempo me assombrava. Somente a ele eu confiara a revelação do aborto. Somente Chico aguardaria minha dor apaziguar na esperança de gerar vidas novas. Superaria ao meu lado, com delicadeza, as sucessivas crises que atravessei. A gravidez de Davi e a instabilidade de sentimentos que a cercaram. O pós-parto de Pedro, regado a melancolia e estranhamento, que me afastava do meu filho querido. A morte de meu pai e o carinho dedicado a mamãe. A amizade verdadeira que unia meu marido e Teresa. O cansaço, o extremado cansaço a me mover e a quase nunca me abandonar, acompanhado da impossibilidade genuína de libertar corpo e mente do negrume sempre à espreita.

Chico estava lá, como se nunca tivesse saído da esquina da Paulista com a Consolação, à minha espera para o cinema.

Eu aceitei aquele amor. Uma dádiva. No entanto, embora também eu o amasse, a felicidade era, para mim, impensável, fosse ela a realização mais plena ou qualquer pequena alegria fincada no cotidiano. Água pura, sede saciada. Um encontro inesperado. O sono leve em uma tarde de verão. As janelas abertas à brisa inconsciente. Uma canção ouvida para jamais. Independentemente das circunstâncias em que a alegria se avizinhava, eu negaria a mim mesma qualquer chance de perdão, desdobrando-me em tarefas e obrigações desnecessárias que me roubariam o brilho e o desejo de viver. Só Chico acolhia o meu desespero, sem cobrar nada. Minha resposta: ausência. Só ela me livraria de ser feliz.

Davi e Pedro. Moços. Ambos na faculdade. Combinavam as coisas com o pai. Eu recebia as notícias das resoluções tomadas, dos problemas resolvidos. A incerteza dos primeiros trabalhos. O desejo de independência. A separação levou-os a passar meses alternando as noites entre a nossa casa e o novo apartamento de Chico, próximo à universidade.

Sábado, fim das férias de verão. Logo as aulas recomeçariam. Preparei o café da manhã. Chamei os meninos. Queria dar uma olhada no jornal e carregar a câmera para fotografar mamãe à tarde. Davi sentou-se à mesa, encheu a caneca de café com leite, passou manteiga no pão francês, levando-o até a chapa quente na cozinha para dourar. Pedro apareceu, me deu um beijo e abraçou o irmão. Mais uma caneca de café. Abriu o pote de geleia de damasco, pegou uma colherinha e enfiou-a no vidro cheio de fruta, calda e açúcar. Fiz uma careta imitando repreensão. Ele sorriu e engoliu a bebida escura e quente. O cheiro do pão tostado se espalhava pela mesa e me dava água na boca. Pensei em Chico. A discussão das notícias no café do fim de semana perdera a graça. Tentávamos inventar assuntos para preencher o pouco tempo de que dispúnhamos para estar juntos e que tão logo se dissiparia em face das necessidades de cada um. Mamãe. Leituras e trabalhos da faculdade. Encontros e namoros. Acabamos de comer. Ambos se entreolharam. Evitei demonstrar estranheza. Dei mais um gole de café. Pedro comeu mais um pouco de geleia.

"Nós vamos morar com o papai."

Não havia hesitação na voz de Davi. Não se tratava de um pedido, tampouco de uma hipótese. Era um comunicado. Estava decidido. Coloquei a caneca vazia na mesa. Tossi como se tivesse engasgado. Virei a cabeça para cima e cocei os olhos como se um cisco os tivesse invadido. Disfarcei o choro. Interpretei um sorriso. Pedro segurou minha mão, beijando-a.

"É mais prático, mãe, mais perto da faculdade. A gente pode se ver de vez em quando."

Quando íamos nos ver se eu só tinha tempo para mamãe e para o trabalho? Como íamos nos encontrar se ela estava cada vez pior e, mesmo com Lúcia, que praticamente morava lá, era eu quem tomava as decisões da casa, cuidava da agenda médica, dos exames, das compras, dos mínimos detalhes?

Davi se levantou para me abraçar. Pedro fechou o círculo entre nós. Eu não lembrava a última vez que abraçara meus filhos. Naquele instante, senti vingar o peso de tanta ausência. Solidão em estado bruto. Um diamante vazio.

O telefone tocou. Davi atendeu.

"Tudo bem, mãe?"

"A vó Teresa morreu, filho", gaguejei.

Não fosse o cérebro, mamãe teria tido uma velhice sem tormentos, privada dos males físicos comuns à idade. A memória e o raciocínio, no entanto, se esfacelaram em poucos anos, expondo com crueza a tragicidade de um mal que sequestra o indivíduo e sua alma, a natureza íntima do ser e o que ela traz consigo, a noção de tempo e espaço, a capacidade de decifrar os sabores e de nomear aqueles que ama, lançando o doente a uma inocência vil, humilhante, indigna.

Chico me ajudou com os papéis para o enterro. Os meninos se despediram da última avó viva. Professoras aposentadas, colegas de mamãe, compareceram à cerimônia. Vizinhos também. Recebi os cumprimentos, agradecendo-os um a um. Acabado o enterro, dei meu abraço mais apertado em cada um dos meninos. Nossas relações continuavam moduladas pelas máquinas, que registravam conversas objetivas e genéricas demais. "Tudo bem? A faculdade? O trabalho? E seu pai? A vovó está bem, também. Tudo normal. Não há com o que se preocupar. Me liga. Beijo." Raras eram as impressões reveladas por essas palavras: alegrias, tristezas, desilusões, paixões, coisas banais, capazes de dar corpo à vida.

A partida dos meus filhos esvaziou os dias de sentido. Mas eu me mantinha alerta para cuidar de mamãe. Passou a ser comum no escritório não atentar, como antes, aos detalhes dos processos ou a prazos que não poderíamos perder. Pela primeira vez, eu chegava e fechava a porta da minha sala. Não me importava com as mensagens na caixa postal, desmarcava todas as reuniões possíveis e estranhava o nervosismo da secretária na intenção de me alertar sobre o conjunto de demandas. Não podia mais. Solicitei um encontro com a direção. Eles já conheciam os fatos, da piora das condições de mamãe ao meu recente e progressivo estado de desatenção, de descuido mesmo, em relação ao trabalho. Aleguei tratar-se de uma situação excepcional. Fingiram compreender. Sabíamos que não era possível continuar daquela maneira. Sugeriram antecipar as férias. Aceitei. Eu me guardava dos comentários das equipes e da direção, mesmo sabendo do estigma que a doença de minha mãe impunha. A falta de conhecimento e sensibilidade de uns a tornavam banal. Outros enxergavam em mim a filha dedicada e sofrida, sem tempo para ser feliz. Havia ainda os que me consideravam a próxima vítima do mal hereditário. Não havia como fugir. A doença passou a servir de critério de julgamento de meu desempenho profissional, como se dela dependesse minha formação e competência. Por isso, de minha boca não sairia palavra sobre o fim do meu casamento, tampouco sobre a mudança dos meninos para a casa do pai.

"Você precisa de alguma coisa, Beatriz?"

"Não, Chico. Obrigada."

"Vou sentir falta da Teresa."

Ele sempre chamou mamãe pelo nome, sem qualquer formalidade.

"Eu também."

★★★

José correu até o quarto. Virgínia estava desacordada no chão.

"Mãe, mãe, acorde!"

A memória viva do desaparecimento do pai o encheu de terror. E se a mãe também morresse de repente, sem avisar? O que seria dele e dos irmãos mais novos? A morte não manda recados, José. Pode rondar anos a fio, fingir aproximação, deixar acesa a luz da espera. Na hora marcada, é um espanto de classificação improvável. O garoto aplicou sequências de tapas breves no rosto da mãe. Com as duas mãos, segurou o tronco de Virgínia, chacoalhando-a pelos ombros.

"Mamãe", chamou repetidas vezes.

O choro embaraçou sua voz. Os soluços na garganta pareciam trotar em liberdade. Virgínia abriu os olhos escuros, crispados de desespero.

"José, meu filho", disse, aproximando-o com firmeza de seu peito.

Devagar, a tontura começou a se dissipar. Estaria o destino lhe pregando uma nova peça ou apenas dava continuidade à trapaça principiada com a morte de Antonio?

"O que aconteceu, mamãe?"

A perda da inocência estampada no rosto do menino. Ela se esforçava para não esquecer que diante de si estava uma criança de sete anos, sem maturidade para compreender a vida. Por pouco, não revelou toda a verdade: não tinha ideia de como sobreviveriam.

Aturdida, levantou-se do chão e sentou-se na cama. O filho observava as coisas espalhadas pelo quarto, os móveis em desarranjo, o dinheiro jogado no chão, coisas fora de lugar.

A mãe atravessara o flagelo do pai sem esmorecer. O que poderia haver de pior para deixá-la transtornada a ponto de desmaiar?

"José, pode me trazer um copo de água?"

O menino correu em direção à cozinha enquanto a mãe ainda experimentava o suor gelado da vertigem.

Virgínia sequer tinha absorvido a reviravolta que se impôs com a morte de Antonio. O anúncio da gripe a levou a interromper o que mal começara: a organização do cotidiano na mercearia, dividindo-se entre a lida com os clientes e o cuidado com os filhos. Precisava conquistar a confiança das pessoas, mostrar que era capaz de trabalhar tão bem quanto o marido. Precisava conhecer os bastidores do negócio. As atividades que extrapolavam o atendimento no balcão. Tinha de estudar o livro-caixa, descobrir de quem Antonio comprava os produtos para pôr à venda. O que era preciso pagar. Quando, quanto. Não tivera tempo para nada disso.

E o contrato de compra e venda da mercearia, firmado com seu Joaquim, o comprovante da quitação das contas? Onde estariam? Embora fossem donos do comércio, pagavam aluguel para morar na parte de cima do sobrado de esquina que abrigava a loja. O contrato de aluguel. Também precisava encontrá-lo.

Antonio tomava decisões e as comunicava à mulher. Após a quinta gravidez, ela preferia não tratar de assuntos que julgava de responsabilidade do marido. Apenas confiava nele, embora o tivesse conhecido quando ela mesma trabalhava para compor a renda da casa materna, ciente de que o pouco que ganhava era essencial e tinha destino certo. Com o casamento, cabia a ela administrar as necessidades cotidianas, com o dinheiro estipulado para isso.

A ele, cabia gerir o negócio, único bem da família, que os colocava em posição de relativo conforto comparado a quem os cercava. No entanto, se não se podia falar em miséria, tampouco era possível falar em riqueza. O arranjo entre eles guardava a medida exata entre a satisfação das necessidades e a atenção aos excessos.

Não havia falta, mas, sobretudo, não poderia haver desperdício.

Ela jamais imaginou que pudesse ser roubada por um gatuno que se valesse da confiança da família para passar despercebido. Sua mente se emaranhava ao escavar momentos antes da morte de Antonio passíveis de lhe fornecer uma pista: pessoas que frequentavam a mercearia, conversas do marido com fregueses e conhecidos, se demonstrava satisfação com a loja, se mencionava planos futuros ou se comprometia a auxiliar conterrâneos, amigos, e o quanto isso poderia instigar a cobiça alheia.

Perscrutava com a memória quem os tinha visitado. Sua mãe, seu irmão. Os cunhados. Com os primeiros, a intimidade completa. A mãe a ajudava e o irmão se divertia com os sobrinhos pequenos. Já com os irmãos do marido era diferente.

Na última visita, antes do velório, Mariano, a mulher e o filho, mais Amaro chegaram sem avisar para o almoço de domingo. A mesma desculpa de sempre: estavam próximos da casa e resolveram ver o primogênito da família. Único dia de folga de Antonio, o que não implicava descanso para Virgínia. A campainha soou. O homem avistou a porta da rua pela janela da sala do sobrado.

"Olá! Esperem! Vou descer!"

"Quem está aí, Antonio?"

"Meus irmãos, Virgínia."

O cheiro do peixe assado se espalhava pela casa. Ela cortava legumes para a sopa das crianças. Arroz, batatas coradas, salada estavam quase prontos. Há pouco, pedira a José e Marília para arrumar toalha, pratos e talheres. Cecília e João brincavam perto da mãe, na cozinha. Laura dormia. Em breve, almoçariam. Haveria o café, a louça, a amamentação. Virgínia não tinha se preparado para receber visitas. Não havia bebida nem sobremesa.

Ela trabalhara a manhã toda. As mãos cheiravam a alho e cebola. O cabelo despenteado. As crianças à vontade.

"Olá, Virgínia, como vai?"

"Bem, obrigada, Adelaide. Que surpresa!"

A mulher de Mariano examinou Virgínia de cima a baixo. O vestido bem cortado marcava a cintura fina e deixava entrever o busto volumoso. Os sapatos de passeio ecoavam no assoalho de madeira a cada passo.

Virgínia secou as mãos úmidas no avental de todos os dias.

"Vai nos convidar para o almoço, cunhada?"

"Claro, Amaro. Sejam bem-vindos. Daqui a pouco estará pronto."

Antonio sentou-se com os irmãos na sala. A mulher retornou à cozinha para aumentar as porções. A água dos legumes fervia. Adelaide seguiu Virgínia, que suava sob o fogão. Da janela aberta, podia-se sentir o ar estático do meio-dia. A rua despida de personagens.

"Você não tem ninguém para ajudar?"

"Não é preciso. Eu me ajeito bem com a casa e as crianças."

"Não sei como você aguenta: casa, comida, marido. Cinco filhos! Trabalho sem fim! Eu jamais aceitaria isso. Desde o começo, avisei Mariano: não sou mulher de me acabar em casa. Se ele quer uma mulher bonita, bem-disposta, que ponha uma empregada para fazer o serviço!"

"Não me importo. Antonio fica na venda. Quando acabo os afazeres daqui, desço para arrumar as coisas por lá."

Virgínia tirou os legumes da panela, colocando uma nova leva de batatas para dourar no forno. Ofereceu uma cadeira para Adelaide. Ao conferir a palha desfiada do assento, a cunhada negou. Virgínia recolheu os brinquedos pelo chão. Amassou cenoura, mandioquinha, chuchu e ervilhas, misturando-os com um pouco d'água em outra panela até se transformarem em um creme ocre-alaranjado. Tirou o peixe do forno. Pôs o arroz em uma travessa. Adelaide não encontrava jeito de se acomodar. A mulher de Antonio separou mais pratos, talheres e uma pequena toalha para levar à sala, onde improvisaria uma mesa para as crianças comerem. O choro de Laura ecoou até a mãe. Ao disparar para acudir a filha, convidou:

"Adelaide, você não quer esperar na sala enquanto vou ver a bebê?"

A cunhada deslizou os olhos sobre as minúcias da cozinha: a lenha no fogão, a parede enegrecida pelas chamas, o guarda-louças em que já despontavam peças desconexas, a pia desordenada.

No quarto, ao abrigar a mais nova no colo, Virgínia chamou o marido. Assim que ele apareceu, ela avisou:

"Preciso dar de mamar para ela antes de servir o almoço."

Antonio assentiu com a cabeça, mudo, insatisfeito.

O que ela poderia fazer? Não estava preparada para receber visitas. Teve de improvisar almoço para mais quatro pessoas. Em breve, os filhos reclamariam de fome. Recostou o corpo na cabeceira. Com a criança no peito, fechou os olhos em busca de um sopro de paz. Cecília foi atrás da mãe, que a ajudou a subir na cama. A menina acariciou os cabelos ralos da irmã e deitou-se sobre as pernas maternas. Virgínia amamentava uma e distraía a outra com cócegas leves em seu rosto e barriga quando Adelaide surgiu.

"Mariano já sabe, não terei outro filho! Não existe nada pior para acabar com o corpo de uma mulher do que gravidez. Imagine que engravido de novo! Mariano não ousa chegar perto de mim naqueles dias. Ele sabe muito bem que eu não admito isso."

A voz fina, entoada com secura, fez Laura choramingar e abrir os olhos cativos de sono. Virgínia afagou a cabeça da filha para sossegá-la. A menina sugava-lhe o peito.

"Este quarto é melhor do que eu imaginava! Mas, sem dúvida, falta um pouco de graça! Charme! Elegância, sabe?"

Virgínia não queria a cunhada em seu quarto. Adelaide olhou os móveis, tocou as madeiras, ensaiou abrir o guarda-roupa, mas se conteve. Interrompeu a amamentação contra a vontade da filha. Arrumou o vestido. Colocou Laura de pé no colo para fazê-la arrotar. Saiu. Cecília foi atrás da mãe.

"Vou servir o almoço, Adelaide. Não quer me acompanhar?"

A cunhada, que se postara em frente à janela como que mirando a rua, encenou um ar de surpresa e seguiu a dona da casa para fora do aposento.

Quando a família de Antonio se foi, Virgínia deixou-se ficar na poltrona, ao lado do marido. O sol começava a se pôr. As visitas se demoraram demais e ela teve de passar a tarde driblando os golpes de Adelaide.

"Amaro me pediu ajuda."

"Ajuda para quê?"

"Ele fez um negócio com vendedores de café, no porto. Mas não deu certo. Precisa de dinheiro emprestado para acertar umas dívidas."

"Antonio, você tem certeza de que deve fazer isso?"

"Não se preocupe, meu bem. Ele garantiu que, dessa vez, vai me pagar. É só resolver esse problema. Já tem até outro negócio em vista."

Não era a primeira vez que aquilo acontecia. Não haveria de ser a última. Virgínia não contestava as atitudes do marido. No entanto, ambos sabiam que não veriam o dinheiro de volta. Amaro viria com histórias fugidias de que tinha sido enganado, era vítima da maldade, da ganância alheias. Daquela forma, dobrava o coração de Antonio, que julgava ter responsabilidades de pai para com o irmão mais novo, há muito um homem-feito.

A brisa noturna trazia ao ambiente espasmos de consolo. Mesmo apreensiva, a mulher não pôde resistir ao cansaço. Adormeceu na sala por poucos minutos. Logo mais, teria de se voltar aos preparativos da semana.

Virgínia se esforçava para montar um quebra-cabeça mental que a levasse, se não a encontrar o ladrão, ao menos a identificar possíveis suspeitos. A noite do velório voltava à sua mente de maneira nebulosa. Tanta gente fora ver Antonio pela última vez. Fregueses e vizinhos passaram pela casa. Isabel servia água e café, enquanto a viúva recebia os pêsames. Sua mãe e Ernesto conversavam com as pessoas, procurando evitar que Virgínia se desgastasse ainda mais, que fosse obrigada a reviver a todo instante a experiência que mal podia compreender. Catarina e Isabel dividiam-se no trato com as crianças. Tentavam em vão fazê-las dormir, mas o entra e sai não as deixava descansar. Mariano e Amaro também estavam a postos. Eram os únicos parentes de Antonio, vindos de Portugal. Adelaide permaneceu por pouco tempo no velório, comparecendo ao enterro na manhã seguinte. Com exceção da cunhada, o restante da família passara a noite no sobrado.

Virgínia se lembrava de não ter deixado a sala em momento algum. No entanto, se alguém tinha entrado em seu quarto, contava com o estado vulnerável em que ela se encontrava. Mas localizar as chaves e as caixas tal qual estavam organizadas exigia do ladrão intimidade com a casa, informações ou, ao menos, uma intuição certeira em relação aos hábitos da família. O ladrão não roubara aquele dinheiro por acaso. Ele sabia de sua existência como também sabia enveredar por entre móveis, roupas e pequenos obstáculos até chegar à reserva miúda, mas imprescindível, que tinham.

Cheia de coragem e boa vontade, Isabel a ajudara com as crianças durante a enfermidade, o velório e o enterro de Antonio. Virgínia mantinha com ela uma convivência muito próxima. Guardava a aura de irmã mais velha, a experiência de mulher casada, de mãe que, apesar da pouca diferença de idade, fazia total distinção. Isabel frequentava a sala, a cozinha, o quarto dos filhos, mas o quarto do casal sempre permaneceu reservado. Houve dias em que ficara sozinha com as crianças. Virgínia, porém, tinha nela plena confiança.

Virgínia ouviu José se aproximando do quarto. Ele equilibrava nas mãos um pires de louça branca sobre o qual trazia um copo transparente com água até a boca. A mãe sorveu o líquido devagar. Seus olhos úmidos miravam o garoto devotando a ele todo o seu amor. José tornara-se seu cúmplice, a testemunha de seus instantes mais íntimos e dolorosos. Ela devolveu-lhe o copo vazio, pedindo que o deixasse sobre a cômoda. Sentada na beira da cama, fixou o olhar nos olhos do filho. Comovida, abraçou o menino com ternura.

"Eu nunca vou te abandonar, mãe."

A luz da aurora enveredou pela sala tão logo Virgínia descerrou a janela do sobrado. A noite em claro reverberava sobre seu corpo. As lembranças fragmentadas do passado, remoídas sem conclusão, permeavam sua mente. Os olhos ardiam. A cabeça doía. As crianças dormiam. Não havia razão para acordá-las tão cedo para passarem horas trancadas em casa. A mãe estendia o olhar pelas ruas do Macuco. Não fosse a epidemia, logo mais estariam plenas de gente no vaivém comum aos dias: afazeres, conversas, encontros, necessidades, aspirações. Cada qual com histórias para contar e ouvir, agora caladas por trás das margens do medo. Virgínia permaneceu um longo tempo sob a brisa das primeiras horas, sentada na poltrona, diante da janela, com sua camisola de algodão branco e a xícara de café sem açúcar na mão. Bebia-o em pequenos goles que perdiam o calor segundo a segundo. A bebida fluía rumo à aflição que lhe consumia o peito. Por instantes, não pensou em nada. O rastro do sol nascente escorregava sobre os telhados e janelas das casas, as calçadas, os ferrolhos trancados do comércio.

A mudez do mundo aturdia a viúva de Antonio, cuja vontade de gritar alçava potência a cada instante. Mas para quem ela gritaria? De que valeria a manifestação mais pura de seu tormento? Ela não sabia sequer qual era o montante de dinheiro guardado, que sumira. Sabia apenas que o marido tinha reservas para os próximos dois, três anos. Dinheiro que poupava para comprar a parte superior do sobrado e reunir, em um mesmo local, moradia e trabalho. Resolvida a questão, ele retomaria as economias até levar Virgínia de navio para Portugal. Os sonhos feneceram com Antonio e as possibilidades de amparo da família tinham desaparecido.

De repente, Virgínia vislumbrou Isabel abrindo as vidraças de sua casa na esquina oposta à mercearia.

"Isabel!"

A jovem se voltou em direção ao chamado.

"Virgínia! Como vocês estão?"

"Você pode vir até a mercearia? Preciso falar com você."

"Chego já."

Virgínia foi até o quarto dos filhos. Marília estava acordada. A mãe beijou o rosto da filha e sorriu.

"Vou até a mercearia, meu bem. Avise seus irmãos. Se Cecília ou Laura despertarem, diga a José para me chamar."

A menina se espreguiçou na cama e concordou com a cabeça. A mãe seguiu rumo ao próprio quarto. As lágrimas lhe rasgaram a face ao deparar com o cômodo violado. Abriu o guarda-roupa, pegou um dos vestidos negros, livre de frescuras, e se trocou. Duas manchas escuras condensavam-se em torno dos olhos encarnados. Mirou-se no espelho. O instante e a eternidade. Tinha dificuldade de se reconhecer. Súbito, balançou a cabeça como se acordasse de um transe. Não tinha tempo para besteiras, tinha muito a fazer. Observou, uma vez mais, o sono das crianças. Desceu as escadas até a mercearia. Abriu a passagem interna que separava o espaço público da loja da vida privada da casa. Um arrepio percorreu-lhe a coluna, espalhando-se por seu corpo, um mau pressentimento, como se aquele lugar não mais lhe pertencesse.

Isabel bateu à porta.

"Entre, Isabel. Entre rápido."

Além dos órgãos públicos e do comércio, fechados em decorrência da gripe, o livre trânsito de pessoas estava também proibido.

"Você está pálida. E gelada, Virgínia", afirmou Isabel ao tocar as mãos da amiga.

"Aconteceu algo terrível!"

Isabel permaneceu à escuta.

"O dinheiro que Antonio guardava desapareceu."

As mãos de Isabel envolveram as de Virgínia em sinal de piedade.

"Juro pelo que há de mais sagrado que não toquei em dinheiro algum. Por favor, Virgínia, acredite em mim. Nunca mexi em nada que fosse seu, nem na casa nem aqui, na mercearia. Eu juro."

"Isabel, tenho certeza de que você não faria isso! Não estou me referindo a você! Mas preciso que se lembre da noite do velório de Antonio. A casa estava cheia de vizinhos e conhecidos, além de pessoas da família. Você se lembra de algum movimento, alguma conversa suspeita? Alguém entrando no meu quarto, por exemplo?"

Isabel parou para pensar.

"Pouco depois da meia-noite, pedi para sua mãe pegar algumas trocas de roupa para as crianças. Eu ia trocar a Laura e a Cecília. Dona Catarina pegou o que eu pedi e me entregou."

"Não estou falando de minha mãe, Isabel, mas de alguém que não teria razão para entrar lá. Você passou a noite toda conosco. Tente se lembrar de alguma coisa. Uma hora em que a casa estivesse mais cheia e o movimento passasse despercebido Ou, de madrugada, quando estávamos todos exaustos, com sono, e ninguém fosse capaz de notar."

"Não sei dizer."

Isabel seguiu quieta.

"Espere. Sim, eu vi algo estranho. Já era tarde, umas três

da manhã. Eu estava pegando a garrafa da mesa para encher de café fresco. Peguei a bandeja, juntei as xícaras sujas e a garrafa vazia. Quando estava indo para a cozinha, vi Amaro se aproximar do seu quarto. Ele virou para trás como se quisesse ter a certeza de não ser visto. Eu disfarcei. Ele entrou. Ainda tinha gente na casa, embora a maior parte já tivesse ido embora. Levei uns dez minutos para voltar porque tive de lavar as xícaras, o açucareiro e as colheres. Assim que coloquei a bandeja na mesa de volta, ele abriu a porta do quarto e saiu, como se nada tivesse acontecido. Depois, ficou mexendo nos bolsos da calça e do paletó, meio nervoso, tentando ajeitar a roupa. Acho que ninguém mais notou."

"Meu Deus! Só pode ter sido ele! Eu sempre avisei: ele era irmão de Antonio, mas o sangue nas veias de um não era o mesmo do outro. Antonio era um homem digno, honesto. Já Amaro vive metido em confusão e nunca admite a própria culpa. Quantas vezes pediu dinheiro para o meu marido? Quantas vezes eu disse para ele não emprestar, para evitar dar ouvidos a Amaro, trazer os problemas dele para casa?"

Isabel exibia a testa franzida, olhos de susto.

"Como vamos provar que foi ele?"

"Eu não sei. Não sei. Se pudesse falar com Mariano, mas ele não vai acreditar em mim. Só sabe dar ouvidos aos caprichos de Adelaide. Ela é capaz de dizer que eu inventei essa história só para criar discórdia na família. Imagine!"

"Você precisa avisar alguém! Vamos até a polícia!"

"Como posso ir à polícia? Não sei quanto dinheiro foi roubado nem quando foi. Nem sei se Amaro está vivo! E como vou provar que foi ele? Ademais, o que importa um roubo no meio do horror que estamos vivendo? No meio da gripe? As pessoas estão morrendo nas ruas. Daqui a pouco não teremos nem mesmo guardas. A polícia deve estar atrás de quem descumpre a lei e sai durante a quarentena. Ninguém vai dar atenção para uma mulher como eu, ainda mais viúva!"

Virgínia encarou a mercearia onde a porta baixada, sem perspectiva de abertura, bania os raios de sol. O pó se acumulando sobre as prateleiras de madeira escura. Os potes com o que restara das vendas, após o fechamento do comércio. De longe, viu sua caderneta de anotações adormecida perto do caixa.

"Será que você pode ficar um pouco mais, Isabel?"

"Claro, Virgínia."

"E sua mãe?"

"Lá em casa está tudo bem. Eu avisei mamãe que vinha aqui. Não precisa se preocupar."

Virgínia consentiu aliviada.

"Preciso saber o que sobrou de mercadoria. Quantos quilos temos de cada coisa, quantas unidades. Quero calcular o quanto isso vale em dinheiro para, quando puder reabrir a loja, saber exatamente com o que contar."

Com a caderneta de anotações e caneta na mão, as mulheres iniciaram o trabalho. De posse de medidores e balança, pesaram grãos e farinhas até ouvirem os passos de José na escada.

Virgínia abriu a passagem entre a mercearia e a casa.

"Mamãe, a Laura está chorando. A Cecília também."

"Isabel, eu preciso ver as crianças. Volte para casa. Depois nos falamos."

"Virgínia, enquanto você dá de mamar para Laura, eu posso adiantar o almoço."

"Não, Isabel, é perigoso. Você já se arriscou demais

quando Antonio adoeceu. Você precisa cuidar da sua mãe."

"Minha mãe está bem e não há nada a fazer na minha casa."

Certa de que poderia contar com Isabel, Virgínia a abraçou.

"Não sei como agradecer! Você é minha única amiga. Mais que isso, é uma companheira de verdade, uma verdadeira irmã."

Após o almoço, as mulheres voltaram ao balanço, que prosseguiu por alguns dias. Virgínia tinha tudo escrito: os quilos de feijão, arroz, açúcar, café, milho, farinha de trigo e de mandioca, batatas, ovos. O número de vassouras, buchas, barras de sabão, fósforos, cestos, colheres de pau. Quanto de ervas, temperos e sementes. A partir dali, calcularia o valor de venda de cada produto. Antes, porém, faria as contas do que tinha sido vendido antes da gripe. Eram tipos diversos de mercadorias em quantidades variadas, nem muito nem pouco. Com exceção dos ovos e das raízes, não havia perecíveis. Dessa forma, saberia de quanto dispunha para honrar os compromissos e viver.

Mais uma vez, ofereceu a Isabel comida e suprimentos em retribuição ao valioso auxílio. A jovem separou o necessário e partiu.

"Obrigada, Virgínia. Amanhã cedo estarei de volta."

Depois do jantar, Virgínia pegou um dos raros livros da casa. Acomodou-se no quarto das crianças recostando-se na cabeceira da cama de João. Segurava Laura em um dos braços. O livro na mão oposta. O calor começava a ceder. As crianças estavam prontas para dormir. Em meio ao tumulto emocional das últimas semanas, encontrara uma fagulha de paz para se dedicar com brevidade aos filhos. Um átimo da memória das noites que costumavam experimentar e haviam se dissipado. Compenetrada, a mãe modulava a voz para narrar poemas e acalentos às crianças, que se aconchegavam entre sonhos e lençóis. Quando todos adormeceram, ela colocou Laura no berço e foi para seu quarto.

A mente à procura de respostas: onde estaria a escritura da compra da mercearia? E as anotações de Antonio sobre o movimento na loja, de quem comprava os produtos, que tipo de acordos fazia? E a casa: onde estaria o contrato de aluguel? O redemoinho da vida zunia sem dó. Ela queria dormir, mas pressentia a chegada de mais uma noite de vigília. Abriu o guarda-roupa, retirou os poucos cabides com peças de Antonio, amontoando-os sobre a cama. Checou bolsos de calças, camisas e paletós em busca de pistas e, quisera, lembranças. Pousou suas roupas ao lado das do marido. Revirou tudo o que ali se encontrava: caixas de diferentes tipos e tamanhos, que guardavam objetos e miudezas, pequenos pacotes, envelopes, coisas fora de uso, para as quais deveria dar rumo. Arrastou o móvel na esperança de encontrar algo escondido junto à parede. Arrastou a cômoda, a cama. Nada. Foi até a cozinha, pegou uma cadeira, posicionando-a em frente ao armário. Depois de subir nela, Virgínia alcançou a única mala de viagem de que dispunham. A mala em que Antonio trouxera seus poucos pertences de Portugal. Mesmo vazia, era pesada. A mulher equilibrou-se para não cair até colocar a mala no chão. De cócoras, girou a chave sem respirar, concentrando ali todas as expectativas. Os documentos haveriam de estar lá. Ao abri-la, o cheiro de mofo impregnou suas narinas, provocando uma tosse contínua e seca. Virgínia abriu a janela e viu suas esperanças desvanecerem.

★★★

Estou livre. Dois amores. Um filho morto. Um casamento acabado. Dois outros filhos independentes, distantes. Pais enterrados. Nenhum parente próximo. Ninguém a chamar minha atenção, tampouco a zelar por mim. Não posso dizer que ambicionei a liberdade propiciada pela solidão, mas reconheço meu empenho em conquistá-la, ainda que isso não diga respeito, evidentemente, à perda de minha mãe.

Há cinco dias não falo com ninguém, tampouco me procuram. A casa amanhece. Anoitece. A disritmia me impede de compor um tempo restaurado. Pequenos hábitos, afazeres, hora disso ou daquilo. O passado revisitado dissolveu minhas energias. Não gosto de perceber que envelheci. No entanto, a vastidão das últimas horas me impele a admitir a passagem do tempo, sob uma natureza revolta e exigente.

Revejo minha vida e tento conceber como teriam sido os enfrentamentos atravessados por minha bisavó. O roubo mal explicado que perdurara nas lembranças de mamãe. Decerto, um tabu na família. Uma história a calar.

Porém, os tabus, como as rupturas, não caminham sós. Eles se desdobram em consequências para as quais nem sempre estamos preparados. E, mesmo se pudéssemos pressentir, nem assim saberíamos como tornar diáfano o sofrimento e esquecer.

Eu, como Virgínia, preciso avançar. Logo, o hiato em que me encontro será revogado. O que farei? O que desejo? Como vou continuar? Quem será a Beatriz a sair desta casa após o tempo regulamentar de luto, quando deverei voltar e fingir que nada mudou? O tempo em que os outros dirão "Já está na hora de reagir" ou "Até quando ela acha que pode ficar assim?".

    Meia-noite. A luz rebaixada do abajur nutre minhas dúvidas. Abro as folhas de madeira da janela. Vidro baixado. Cortina aberta. Apago a luz. Minha avó Cecília acreditava em Deus e em ditos populares. Jamais me permitiria pousar a cabeça nos pés da cama, como se o corpo estivesse pronto para sair rumo ao cemitério. Do meu quarto, nos fundos da casa de mamãe, me refugio da iluminação higiênica da rua e, diante da incompletude do breu, estou pronta para indagar as estrelas.

Sexto dia

A compreensão não se firma pelo encontro das certezas, mas pela possibilidade de cavar dúvidas, da autêntica disposição para ouvi-las. Após dias de constatações, uma me satisfazia: ao menos por hora, eu tinha sobrevivido ao dito popular. Deparei, uma vez mais, com meus cabelos úmidos diante do espelho enevoado. Eu reconhecia aquela mulher? Faltava nitidez. Alguns fios brancos perambulavam soltos sem me incomodar. Pensei em procurar fotos de infância para observar a metamorfose que o tempo me infligira. Lembrei, no entanto, do princípio criado por mim: abrir uma porta de cada vez, atentar para o caminho e os atalhos, antever e, se possível, desviar de armadilhas, encarar os desafios, não esquecer migalhas pelo chão. Eu não prescindia da infância, apenas daquele agora. Com ele, eu deveria duelar. Sim, um verbo de ação rude, um ensejo em que disputam a vida e a morte, alheio a qualquer acordo moral que permitisse ao bem prevalecer, livre de qualquer esforço.

Às vezes, eu buscava semelhanças entre mim e as mulheres da família. Mamãe, a vó Cecília e a bisavó Virgínia. Frágil e forte. Assim eu imaginava as primeiras. Assim vislumbrava minha mãe. Um modelo de sobrevivência que chegara até mim de maneira velada e que, a partir dali, só eu poderia transmitir. Aos meus filhos, quem sabe. Às filhas e aos filhos dos meus rapazes.

No entanto, talvez por covardia, preferi tratar antes de algo menos complexo. Decidida a não me furtar ao meu papel de advogada, inquiriria, dessa vez, a mim mesma. Décadas separavam a jovem vibrante que viu seu nome no jornal e conquistou um estágio promissor no final da graduação na São Francisco daquela que eu era hoje: sócia em um prestigiado escritório de advocacia, do qual me licenciei durante os primeiros dias do luto. Não se tratava apenas da distância temporal, de anos a fio de trabalho. Era a exacerbação dos limites entre os princípios que me levaram ao Direito e a carreira que construí.

Se não podia afirmar que fora de todo mal, se podia discorrer sobre o quanto aprendera, o quanto fui reconhecida por meu empenho, por certo também não podia declarar que era feliz. Não se quisesse ser sincera. Mas haveria algum vínculo real entre felicidade e trabalho? Não seria essa mais uma quimera inventada para ofuscar a frustração e manter os incautos sob controle, à espera do dia em que realização e reconhecimento pudessem andar juntos? O pouco que eu sabia de Virgínia e pude projetar a respeito de sua vida não me permitia pensar que, algum dia, ela tivesse sonhado com a felicidade. Em especial quanto ao trabalho. Se, no princípio, a aprendiz de costura pôde associar a atividade às ilusões do primeiro amor, na mercearia, a urgência dominava a precisão de saber. Não havia saída. Mais tarde, nem todo o esforço acumulado permitiria à família reencontrar um mínimo de conforto, uma noite despida de carência e vulnerabilidade. As lembranças de infância de mamãe não negavam esse fato. Eu não saberia dizer se minha avó Cecília apreciava os ateliês de costura do interior de São Paulo, onde ela e minha tia-avó, Laura, recebiam mulheres abastadas em busca de vestidos para ocasiões especiais. Também não acreditava que alguém se contentasse com a opressão vivida pelas operárias da indústria têxtil. Quando eu era menina, até os sete anos, vovó fazia para mim e minhas bonecas vestidos cheios de encanto. Talvez assim pudesse apaziguar as lembranças sórdidas provocadas pelo assédio e pelo abuso de poder disseminado nas fábricas, como sempre me contava mamãe. Por fim, ela, Teresa, desviou-se do Direito para realizar-se como professora. Nunca reclamara da profissão, ao contrário, festejava seu trabalho e as possibilidades abertas pelo conhecimento a professores e alunos.

Eu havia tido mais chances e chegara mais longe. No entanto, se houve um sonho, ele ficou para trás. Eu trabalhava para os ricos e, com eles, conquistara meu espaço. Não sem esforço, é verdade. Por um tempo, julguei ser possível conciliar perspectivas distintas, dividir não só o tempo como minha mente, obrigada a se dedicar ao escritório enquanto o desejo de dar auxílio legal a quem não dispunha de nada era ultrapassado pelo cansaço de um dia após o outro. A cada ano, a cada promoção, a Defensoria se tornava mais amorfa e impalpável. Eu teria sido feliz? Atenderia aos pobres como forma de aplacar minha culpa cristã? Para compensar a miséria da família? Ou seria capaz de defender a justiça como um direito comum a todos e negado a muitos? Um direito desigual.

Não havia respostas para o que nunca tinha sido. Longe de mim, a possibilidade de saber, a vontade de me enganar ante ao que remediado estava. Eu cumprira minhas obrigações. Minha mãe, meus filhos. Não só as cumprira como o fizera com amor. Um amor circunspecto. Áspero, podia se dizer. Esse amor não se servia de palavras, aplausos, não se deslumbrava. Cuidava de se desdobrar para não deixar faltar nada, um círculo de afetos práticos, atento às necessidades, aprendido, por certo, com as mulheres da minha história. O trabalho fornecera os meios para exercitar esse amor, tantas vezes incompreendido. Tinha me dado conforto e nada me faltava. Esse nada me chamava naquele instante. Por causa dele, eu não me obrigaria a continuar.

    Eu tinha fome. Mal comera na noite anterior. Coloquei uma toalha limpa na mesa da cozinha. A louça branca. Os talheres. A cafeteira em ação. O leite para ferver. Minutos depois, pintei a caneca de café com gotas brancas de leite. O açúcar mascavo dava um tom caramelado à bebida. Fatias grossas de queijo fresco despertavam meu paladar. A última banana da fruteira amassada com aveia. Uma colherinha de mel para perfumar. Comi com pressa. Outra fatia de queijo. Café puro dessa vez.

    Deixei as coisas sobre a mesa. Abri a porta do quintal e puxei a cadeira para me sentar ao sol. Não passava das nove horas. Fechei os olhos concentrando-me no calor. Com as pernas soltas no ar, estiquei os pés. O pescoço girava em alternância de um lado a outro. Dez minutos. Da próxima vez, eu pegaria um tapete para me acomodar no chão. Minha ignorância meditativa tentava driblar imagens, pensamentos. Lembrei de ouvir um monge budista dizer que não se tratava de mágica ou milagre. Tratava-se de prática. Respirar fundo era o segredo. Apurar a audição e o olfato. Procurei me deter no cheiro de terra exalando do canteiro que eu havia limpado. Minhas mãos úmidas e escuras. A força necessária para arrancar as ervas daninhas. A saudade daquela sensação por anos abandonada. Vinte minutos. Mergulhei. Não havia meios de evitar que os óculos de natação não embaçassem.

Eu deslizava rente ao fundo da piscina. Pernas e braços unidos. Uma flecha em câmera lenta riscando o azul. Bolhas de ar até alçar a superfície. Cabeça na água, outra vez. O ritmo contínuo das braçadas. Bate e volta. Chegada. Quase meia hora. A blusa fina de meia-estação se transformara em excesso. O rosto quente. Mal pude enxergar o quintal ao abrir os olhos. Precisei me acostumar à luz. A exaustão dos dias passados parecia ceder.

Devolvi a cadeira à cozinha. As janelas cerradas me afligiam. Abri-as todas para respirar. O vento abria sulcos de alegria pelos cômodos. Pude sentir sua amplidão, suave e vigorosa, me fazendo saltitar por dentro. Há quanto tempo eu ignorava aquela leveza? Livre e só. Talvez não fosse de todo mau se eu confessasse, se confiasse a mim mesma a intimidade dos meus desejos. Meu coração se recolhia frente ao vento. Desconfiado. Saber o quê? Querer o quê? Que tanto era aquilo que me faltava?

Percorri os quartos com vassoura na mão. Em ambos, a escuridão sob as camas, os cantos mal vislumbrados, os segredos em repouso desde o dia em que mamãe partiu e eu reencontrei a casa. No quarto dela, desfiz as poucas dobras da cama arrumada anteriormente, afofei os travesseiros. A cortina transparente mantinha sob disfarce meus movimentos a quem, da rua ou de uma janela próxima, se interessasse em saber como se vive o luto de uma vida inteira, depois de o açude transbordar com a última chuva de verão. Abri o guarda-roupa, ordenado como de costume. Quantas peças antigas, moldadas ao corpo de tanto uso. Lembrei dos cadernos de anotações da mãe de minha avó, sempre lembrados por mamãe e dos quais eu ainda me via privada. Uma possível proximidade da vida real de Virgínia me intimidava.

Cerca de cem anos depois do impacto da morte de Antonio sobre a família, minha querela devia-se à impotência de manejar o passado para não provar o sofrer. Quem não sucumbiria a esse desejo? No entanto, a questão se colocava: eu desviaria do presente outra vez para não enfrentá-lo? Não havia mais desculpas. O luto não se encerraria em sete dias. Porém, do primeiro ao quinto, o passado me amordaçara. Eu sequer tinha tomado as providências devidas a um desaparecimento, incômodas por natureza por exigirem do enlutado a lida, comumente pérfida, com a burocracia. Algo que não se merece quando a perda se instaura.

Com uma flanela nova, toquei os móveis como se jamais os tivesse visto. A cabeceira pesada da cama de casal, o guarda-roupa, a penteadeira frente à qual mamãe talvez tivesse sonhado. A foto de uma década atrás, quando meus pais posaram sua serenidade em frente ao mar. Eu haveria de dispor de horas longas de paz para revisitar aquele espaço e suas minúcias. Os vestígios das vidas que se foram. Objetos a priori esquecidos que ali permaneceriam enquanto a memória de mamãe se esvaía. Sim, eu voltaria àquele quarto, cujas paredes brancas ansiavam por uma nova pintura, sem sofrer. Separaria as roupas, limparia os calçados, pregaria os botões frouxos, reforçaria barras e punhos. De um lado, o que pertencia ao verão. De outro, o que acalorava o inverno. Outono e primavera de mãos dadas. Chegaria a hora de escolher as peças que restariam comigo numa caixa de presente, forte e bela, escolhida a dedo, para eu carregar até o fim. Depois das vestes, os papéis. Os que encerravam as emoções antes de qualquer ordem de documentos. Eu os separaria e distribuiria sobre a mesa da sala, tais quais as cartas, e me debruçaria sobre eles para inventariar o passado. Pudera enxergar alguma poesia onde parecia haver somente lágrimas. A eles, eu ofertaria a delicadeza necessária à posteridade para um dia, talvez, serem lidos pelos meus rapazes.

    Senti o sangue fluir após dias de apatia. Limpei a casa inteira. Troquei meus lençóis. Terminei o almoço perto das duas da tarde. Alho e cebola no azeite. Perfume. Comida no prato. Chá fresco. Fruta. Eu precisava do presente, do agora. Dos dias de introspecção, tirava a certeza de carecer de atitudes. O celular repousava próximo à televisão desde o dia em que cheguei à casa de mamãe. Nenhuma notícia ou rede social me importavam. Procurei o cabo para carregar a bateria. Minutos depois, abri a lista de contatos à procura do número da secretária de Fernando, sócio majoritário do escritório. Ele tinha apreço por mim, respeitava minhas posições e foi, em grande parte, responsável por minha ascensão. Me propusera as férias para cuidar de mamãe. Com certeza, teríamos de discutir as perspectivas de trabalho quando eu voltasse. Ensaiei algumas vezes antes de tocar no número de Aline, iluminado na tela. Havia mensagens no WhatsApp. Não queria me distrair. Contra minha vontade, comecei a ler as mensagens. Tinha preguiça de escrever ou gravar respostas. Meu comportamento arredio tinha acirrado. Era difícil aceitar a preocupação dos outros sem que soasse estranho, a ponto de me desculpar pelo incômodo causado ao receber manifestações genuínas de afeto. Responderia mais tarde. Talvez ligasse para alguém. Naquele instante, eu precisava de coragem. Era para o escritório que eu tinha de ligar. Mais um dia, e minha vida voltaria ao normal. Encontraria mais motivos para extrapolar os horários de trabalho e as exigências à equipe. Passaria horas me perguntando o que ainda fazia ali. Não podia mais adiar.

    "Oi Aline, aqui é a Beatriz. Tudo bem?"

"Oi, Bia, tudo bem e você? Sinto muito por sua mãe."
"Obrigada."
"Quando você volta? Posso te ajudar?"
"Volto na sexta-feira, depois de amanhã. Queria saber se o Fernando poderia me receber nesse dia. Pode ser a qualquer hora."
"Deixa ver. Na sexta, ele tem um almoço com clientes. Às três, uma reunião sobre a partilha das ações de uma indústria de motores. Estará livre às dezessete horas. Posso marcar?"
"Está ótimo. Pode sim, por favor."
"Você pode me dizer qual é o assunto?"
"Eu sei que não é de praxe, Aline, mas, você poderia colocar 'particular'?"
Após um silêncio breve, a resposta:
"Claro. Não se preocupe. Está marcado."
Suspirei. Não sabia se de alívio ou nervosismo. Aline era gentil e eficiente. Por isso, acompanhava Fernando há tantos anos. Com a experiência, conhecia o peso da palavra "particular", a situação delicada que sugeria. Até o encontro marcado, apenas um lado saberia o motivo da conversa. Só ele poderia refletir sobre vantagens e desvantagens em torno do assunto. Somente ele desenvolveria argumentos, enquanto, durante o encontro, o outro se dedicaria a ouvi-los, mesmo que tivesse a premissa de falar primeiro. O "particular" deixava o outro desprevenido e podia gerar problemas para quem tinha aceitado não insistir saber do que se pretendia tratar. Meu retorno, o desenvolvimento de novos projetos, uma proposta de trabalho irrecusável, uma questão pessoal sensível? Aline se responsabilizou por apresentar a Fernando minha solicitação e defender meu direito a um segredo. Eu lhe seria grata por isso.

Para mim, já não havia segredo algum. Estava decidido. Liguei o computador. Tela em branco. Mais uma hora e eu veria o poente. Mais uma hora e minha carta de demissão estaria pronta. Clara, sintética, elegante. Não caberia às entrelinhas esboçarem a frustração diante de sonhos irrealizados. Ressaltaria apenas que me dediquei o quanto pude, o máximo que pude. Mas precisava mudar. Agradecimentos no final. Sinceros, sem dúvida. Quase quarenta dias de ausência, mesmo sob a expectativa de meu retorno, teriam permitido a todos se adaptar. Reconsiderações e ajustes estavam fora de questão. Eu não poderia apreciá-los. Pediria a Fernando uma única gentileza: deixar a empresa, após nossa conversa, e não ter de voltar. Eu aguardaria os papéis, os assinaria o quanto antes e encerraria minha trajetória como a advogada covarde que fui por quase três décadas.

Quase três décadas de atraso, adiamentos e justificativas alheias às minhas intenções talharam o desvio de rota que me impus, certa de não poder deixar caírem os pratos chineses que eu segurava em equilíbrio inconstante. Chico, por sua vez, soube recusar o que não lhe propiciasse aprendizado, o que o faria mendigar por seu próprio tempo se gasto em coisas desimportantes. Não bastava ganhar dinheiro. Era preciso saber como fazê-lo. Por anos, temi o dia em que suas mãos já não fossem tão habilidosas, privando-o do trabalho. Porém, pude vê-lo firmar-se como artista na construção de mundos em miniatura reverenciados por arquitetos, galerias de arte, estudantes. Chico não tinha se vendido para arcar com as contas. Isso coube a mim. Bolas e claves permaneceram girando em minhas mãos anestesiadas, braços enrijecidos, olhos em transe. Até parar.

Quando deixar o escritório, sexta-feira à noite, irei até a minha casa. Farei uma nova mala com roupas, que deixarei na casa de mamãe. Vou partilhar o tempo nos meus dois espaços de vida e memória até tocar as tramas de que sou feita. Poderei dormir lá e cá. Não terei mais pressa. Perseguirei o presente e as surpresas dos dias vindouros. Estou livre e só e isso pode ser bom. A Defensoria perdera o sentido, mas suas causas não. E de quantas causas eu precisava para lutar? A quais delas dedicaria meu conhecimento, meu vigor, na esperança de dormir o sono dos que se debatem para além da futilidade e do egoísmo? O sono dos justos, quem sabe? As vidas da vó Cecília e o tão pouco que eu sabia de minha bisavó Virgínia, embora buscasse desvendar as artérias de sua dor, me faziam pensar em auxiliar mulheres sem nome nem rosto e as tantas formas de abandono, humilhação e violência a que estavam sujeitas. Eu me atinha aos seus corpos controlados por homens, instituições e sociedades, em sua maioria hostis. Aos filhos, cuja sobrevivência pesava, em grande parte, sobre suas mãos. À fome, essa companheira tantas vezes inseparável. À sua dignidade, tantas vezes obrigada a conviver com as sarjetas, literais e figuradas, mundo afora. Estava decidido.

★★★

Isolada, Virgínia não tinha notícias de dona Catarina e Ernesto, nem mesmo de Mariano, Adelaide e Amaro. Não sabia se estavam vivos ou mortos, tampouco conseguiria saber. Seu único vínculo com o mundo exterior dava-se pela presença de Isabel, que aparecia a cada dois, três dias. De modo a não deixar faltar comida aos filhos, servia-se com parcimônia dos produtos da mercearia. No entanto, não esquecia o fato de desconhecer se Antonio já os tinha pagado a quem lhe vendeu.

Sem desistir de encontrar os documentos, tentava se aquietar, evitando debruçar-se sobre o assunto todo o tempo. Temia que Amaro tivesse se apossado deles, assim como fizera com o dinheiro. Porém, por mais que parecesse irônico, com a doença grassando pela cidade, Virgínia sentia-se protegida. Estava em casa com os filhos. Todos sãos. Se não podia ir até a polícia denunciar o roubo, a possibilidade de receber cobranças ou ameaças parecia-lhe igualmente remota, ainda que temporária.

Certa manhã, Virgínia ouviu batidas incisivas na porta. Avistou Isabel, acenando-lhe com nervosismo, e abriu:

"Hoje de madrugada, por volta das quatro e meia, acordei com um barulho alto na rua. Me aproximei da janela em silêncio para minha mãe não despertar. Abri uma pequena fresta de madeira, tentando evitar que alguém me visse."

"E o que aconteceu?"

As lágrimas irromperam densas pela face da jovem. Virgínia repetiu a pergunta.

"Uma carroça da polícia sanitária estava saindo da casa de dona Amália com um corpo envolvido por lençóis. O rosto estava descoberto. Não pude ver se ela estava acordada. Na verdade, não sei se estava viva. Um homem segurava a porta da casa aberta. Outros dois carregavam o corpo em uma maca improvisada. Colocaram dona Amália na parte de trás da carroça. Um deles sentou-se ao lado dela e foram embora. Assim que amanheceu, fui até lá. A porta estava encostada, mas tive medo de entrar. Colaram um cartaz com letras vermelhas que dizia: 'Atenção! Gripe espanhola. Mantenha a distância'."

Isabel chorava em convulsão. Virgínia assistia à sombra do mal se aproximar uma vez mais. Abraçaram-se.

"Venha, vou fazer um chá para você!"

"Virgínia, acho melhor eu não subir. Cheguei muito perto da casa de dona Amália. Posso estar contaminada."

"Você me ajudou tanto, Isabel! Quando eu poderia imaginar o que ia acontecer com Antonio? Nós duas estivemos tão próximas da morte e nem sabíamos! Não acredito que, depois de tudo, ainda possamos adoecer! Não temos nenhuma certeza, eu sei. Mas, precisamos ter calma! Isso é tudo o que temos. Venha!"

Quando Isabel partiu, a saudade se apossou do coração de Virgínia. As lembranças de sua juventude, da vida modesta que tinha antes de conhecer Antonio.

O mar límpido antes da tempestade. Quantas tardes dedicadas ao aprendizado de um ofício, tendo dona Amália como mestra e as possibilidades de futuro nas mãos?

Virgínia ignorava o quanto a costura entremearia sua vida e a dos seus, como fonte, por vezes única, de sobrevivência. O quanto determinaria a vida de suas filhas e de Cecília, em especial.

Rios caudalosos rolaram por sua face ao mesmo tempo que se ocupava dos afazeres da casa. As camas a serem feitas, o almoço por preparar. Mais um dia em que os filhos se movimentariam pela casa, em vão. Uma brincadeira, um choro, uma história, uma birra. Cansaço e monotonia. Com passos hesitantes, Cecília aproximou-se quando a mãe arrumava o seu berço. Enlaçou-se entre as pernas de Virgínia, segurando-se nela com o único braço:

"Não chore, mamãe. Vai passar."

A mulher deixou cair das mãos o travesseiro pequenino que acolhia a filha durante a noite. Abaixou-se, amorosa, para pegar a criança no colo. Cecília acarinhava o rosto da mãe na intenção de secar suas lágrimas. Virgínia deitou a filha em seu colo. Mirou os olhos de jabuticaba da menina e, com lábios molhados, a beijou.

Certa tarde, a urgência bateu à porta. Virgínia aproximou-se e olhou a calçada pela janela.

"Tião!"

"Boa tarde, dona Virgínia!"

"Espere, estou descendo!"

Porta destrancada, puxou o rapaz para dentro, tentando escondê-lo.

"Como você está, Tião? E Elisa?"

"Desculpe vir até aqui, dona Virgínia. Eu estou bem, mas minha mãe está muito doente. As pernas estão cada vez mais inchadas. As varizes estão se transformando em feridas. Ela não consegue andar. Ontem, de manhã, começou a ter febre, a tossir."

"Meu Deus, Tião! Ela está com a gripe?"

"Não sei! Não falei nada para ninguém! O problema é que, a senhora sabe, não temos mais dinheiro nenhum. Com a gripe, está impossível conseguir trabalho e não temos nada para comer. Se a senhora pudesse me socorrer com algum mantimento, eu seria muito grato. Prometo que, assim que arranjar serviço, pago a senhora!"

"É claro, Tião! Você sabe o quanto você e sua mãe são queridos por todos nós!"

Virgínia abriu a porta interna da mercearia.

"Venha, pegue o que precisar. Não se preocupe com o pagamento. Quando as coisas melhorarem, quem sabe você não volta a me ajudar na loja, como fazia com Antonio."

Feijão, arroz, açúcar, óleo, ovos. Tião separou os alimentos com moderação. Não queria exagerar. Ao ver os pacotes pequenos, Virgínia fez crescer a quantidade de suprimentos. Tião tentou negar.

"Muito obrigado, dona Virgínia. A senhora não pode imaginar o que isso significa para nós."

"Eu imagino, sim. Passe aqui sempre que precisar."

Pouco antes de o rapaz sair, Virgínia perguntou:

"Você tem notícias lá de casa, da minha mãe e do meu irmão? Estou tão preocupada. Não tenho ideia do que está acontecendo com eles."

"Vi Ernesto semana passada, dona Virgínia. Foi muito rápido. Nenhum de nós poderia estar na rua. Disse que tinha ido ao porto e nada mais. Parecia bem. Não falou nada da doença."

"Graças a Deus! Rezo para que nada aconteça com eles e que possamos nos reencontrar o quanto antes."

"Obrigado, dona Virgínia."

"Corra, Tião. Mande um abraço forte para Elisa!"

Nos dias subsequentes, alguns fregueses em busca de mantimentos começaram a aparecer diante da mercearia cerrada. De manhã bem cedo. Ao anoitecer. Era proibido transitar pelas ruas. Mas as reservas de comida feitas para a quarentena começavam a findar. O isolamento se prolongava. Era necessário alimentar quem não tinha sucumbido à enfermidade, afora os raros que se recuperavam.

Lucília bateu na porta de ferro da mercearia. Era cedo e o calor já castigava a audácia dos vivos. Bateu e bateu novamente. Não poderia imaginar que Virgínia habitasse o andar superior.

Quando estava prestes a desistir, a viúva de Antonio reconheceu a jovem assim que a avistou pela janela.

"Pois não, senhorita? Posso ajudá-la?"

"Preciso lhe falar, senhora. Poderia fazer a gentileza de descer?"

"Aguarde um minuto, por favor."

Virgínia abriu milímetros do vão da porta, colocando apenas o rosto para fora.

"Por favor, posso entrar?", perguntou Lucília.

Virgínia titubeou. Não queria arriscar mais a vida dos filhos, além de ter de lembrar, a toda hora, que estava proibida de atender a freguesia.

"Estive aqui com minha irmã no dia em que baixaram o decreto do fechamento das lojas. Sei que não deveria ter vindo, mas meu pai está muito doente e precisamos alimentá-lo. A comida está acabando."

"Sim, eu me lembro de você. Qual é seu nome?"

"Lucília."

"Seu pai está com a gripe?"

"Não, ele tem câncer. Se pega essa doença, não vai resistir."

Lucília falava devagar e com muito esforço.

"Mas, e você? Você está tremendo."

Virgínia colocou as costas da mão na testa da moça.

"Está ardendo de febre."

A lembrança viva de Antonio delirando na cama a paralisou. Ela não poderia deixá-la entrar. A morte batia à sua porta uma segunda vez. Agora, revelada. E as crianças? E ela? Ela não podia morrer e deixar os filhos. Não! A moça que fosse a outro lugar, que fosse morrer longe dali. Ela não abriria a porta.

"Entre, entre. Do que você precisa?"

Lucília se encostou na parede, próxima à entrada interna da mercearia.

"Aqui está", respondeu, entregando um papel a Virgínia.

A viúva precipitou-se até a venda para pegar um banco de madeira para acomodar a jovem. Nos fundos da loja, próximo ao caixa, a talha estava vazia. Transpôs as escadas com avidez até a cozinha, onde encheu um copo de água fresca. Apanhou uma toalha de rosto, retornando para oferecê-los a Lucília. A moça reclinou a cabeça ainda mais. Os olhos fechados. Em um voo rápido, Virgínia deslizou entre os alimentos da lista, separando-os um a um e colocando-os em uma sacola. Ao voltar, encontrou Lucília desmaiada no banco, prestes a cair no chão. Largou a sacola, tentando reavivar a jovem. Não tinha forças para levá-la a lugar algum. Sem refletir, correu até a casa de Isabel, chamando-a, desesperada. A vizinha atendeu de sobressalto.

"Venha, Isabel. Preciso de você. É urgente."

Sem explicações, ambas foram às pressas para a casa de Virgínia, onde Lucília tremia, caída no ladrilho gelado.

"Precisamos levá-la para cima."

"Como assim, Virgínia? Não vê que ela está doente. Não podemos colocá-la perto das crianças."

"E o que vamos fazer?"

As duas se entreolharam. O pânico preenchia o pequeno vestíbulo de entrada que se antepunha à escadaria da casa. Os alimentos abandonados no caminho. Virgínia respirou fundo.

"Espere, Isabel. Vou pegar um cobertor para forrar o chão."

Isabel ajeitou a cabeça de Lucília em seu colo. Com a toalha nas mãos, tentava secar o rosto rubro e úmido de febre. As pálpebras da moça em um burburinho intranquilo. Tinha a sensação de mirar um tabuleiro em que disputavam a vida e a morte. No colo, o suplício de uma desconhecida, tão jovem quanto ela, cujas aspirações não valeriam nada se permanecesse exposta à sanha do mal. E Isabel, saberia dizer quais desejos guardava para si?

Virgínia estendeu o cobertor de lã, raramente usado, no ladrilho. Sobre ele, um lençol de algodão. As mulheres deitaram Lucília no chão, protegendo-a com uma manta leve. Com os lenços de Antonio, a viúva cobriu narizes e bocas das três. A respiração arfante de Lucília. Pouco depois, Virgínia ensaiou abrir a porta da rua. Desistiu. Mais uma vez, a gripe a acariciava com a volúpia da traição.

Quase uma hora se passou. Marília abriu a porta da casa, no cume da escada. Ao ver a mãe ajoelhada no chão, no andar de baixo, perguntou:

"Mamãe?"

"Sim, meu bem", disse a mulher, voltando os olhos para a filha.

"Estou com fome."

"Um minuto, filha. Já vou preparar a comida."

"Vá, Virgínia. Eu cuido dela."

"Não, Isabel. Não podemos ficar aqui."

Lucília mexeu de leve a cabeça, como se começasse a voltar a si.

"Vamos levá-la para casa."

"Não sabemos onde ela mora. Como ela vai voltar assim? Precisamos chamar os médicos."

"Tem razão", concordou Virgínia, sem imaginar outra saída.

"Tratem de entrar, rápido! Vocês não podem sair antes de acabar a epidemia. Ninguém pode! Caso contrário, serão presas!"

As palavras ríspidas do sujeito que carregou Lucília para o hospital, meio médico, meio carrasco, ditas logo após selar a casa de Virgínia com o cartaz da contaminação, ecoaram como um mantra às avessas nos ouvidos das duas mulheres. Um canto sinistro. Uma maldição. Lucília foi levada à Santa Casa de Misericórdia, onde estava grande parte dos enfermos. Antes disso, murmurou, sem forças, o endereço da família nos ouvidos da mulher de Antonio.

Na cozinha, Virgínia e Isabel lavaram as mãos, esfregando-as com sabão até ferir a carne. A moça desabara em um choro incontrolável. A mais velha colocou uma chaleira de água para ferver. Foi ao quarto trocar de roupa e trouxe um vestido para emprestar à amiga.

"Vista esta roupa e me dê a sua para lavar."

Pegou o tacho em que cozinhava frutas e açúcares por horas longas e que servira para ferver as roupas, antes da morte de Antonio. Encheu-o de água, esperando-a borbulhar para, em seguida, mergulhar seu vestido e o de Isabel. Preparou um café forte, colocou na mesa o bolo que preparara de manhã. Quando a jovem começou a se recompor, uma resolução já tinha se apossado de Virgínia.

"Por favor, você pode ficar com as crianças? Vou levar a comida para a família de Lucília e avisar que ela foi para o hospital."

"Mas, Virgínia, e se você for presa?"

"Eu não serei, Isabel! Vou rápido. Desvio das ruas principais! Se tudo der certo, em pouco mais de uma hora estarei de volta. Não posso deixar a família sem saber o que aconteceu. Prometo que não demoro!"

Prendeu o cabelo. Cobriu a cabeça com um lenço escuro, que ocultava também seu rosto. Nos pés, um par de sapatos bem usados, caso precisasse correr. No vestíbulo da entrada, dobrou as roupas de cama com que recebera Lucília, dispondo-as sobre um pedaço grande de papel de embrulho. Fechou-o como pôde. Lavaria as peças assim que voltasse. A sacola de mantimentos permanecia no chão. Arranjou mais uma vez a comida para levá-la pelo bairro. Abriu a porta devagar. Olhou de soslaio para os dois lados da rua. Andou até a esquina da mercearia, esgueirando-se pela parede, na ponta dos pés. Não havia como se esconder da claridade do dia. Contava apenas que, atrás das janelas vizinhas, onde imaginava a vida refreada tentando driblar o pesadelo, ninguém a denunciasse à polícia.

O endereço de Lucília não era distante. Virgínia optaria por ruas paralelas, onde havia menos comércio e, portanto, possibilidade menor de encontrar pessoas pelo caminho. Tinha esquecido há quanto tempo não deixava sua casa. A morte de Antonio, há pouco mais de um mês, a afastara por completo das ruas, e a imagem do ritmo vibrante que lhe restara da cidade em nada correspondia ao que vislumbrava naquele momento.

Às ruas sujas e abandonadas juntava-se o fedor dos corpos putrefatos, largados em meio às sarjetas. Pessoas de todas as idades, em sua maioria desvalidas, restavam jogadas à espera de quem pudesse enterrar seus corpos. Não havia como dizer se alguém choraria por elas, se tinham deixado amores ou amantes. Se eram generosas ou traiçoeiras. Se mereciam perdão ou se queimariam no inferno.

Restos de fogueiras, acesas não se sabia por quem, ensaiavam espantar o cheiro da morte. Em vão. Virgínia, com horror, corria em pranto. Sentia vontade de vomitar e desaparecer. Desorientada, já não sabia por onde ir. De repente, escondeu-se em um beco imundo e vazio. Precisava sair dali e reconhecer onde estava. O corpo tremia de pavor. Olhou a placa com o nome da rua. Tinha quatro quadras para atravessar. Limpou o rosto com as bordas do lenço que lhe cobria o cabelo. Não podia deixar a sacola de comida roçar no chão. Aspirou fundo o ar viciado. Saiu pelo meio da rua. Coração na boca. As pernas se movendo alucinadas pela força e pelo terror. Pouco importava se encontrasse alguém para prendê-la. Correria ainda mais. A morte no passeio público dava ao desaparecimento de Antonio uma aura de leveza que ela jamais poderia conceber. Antonio, cujo sofrimento implacável ela assistira de perto e buscara, com todas as suas forças, conter, morrera com dignidade.

Quando por fim alcançou a rua de Lucília, deteve-se. Carroças da polícia sanitária retiravam cadáveres da calçada. Um homem branco ordenava a três negros que colocassem o máximo possível de corpos em duas carroças. Oito, dez corpos foram postos em cada uma. Escondida na esquina, Virgínia pressentiu a exaustão dos cavalos. Tinha o corpo retesado. A sacola de alimentos grudada no peito. Quando o serviço acabou, os homens se dividiram nos carros em direção à saída da cidade. Ela se apressou pela calçada até chegar à casa de Lucília, onde, sem perceber, esmurrou a porta.

"Abram, abram!", gritou.

Uma mulher mais velha do que ela, embora não idosa, olhou pela janela apavorada.

"Abram, vim falar de Lucília!"

Minutos depois, a mulher destrancou a porta, mantendo Virgínia na rua.

"O que aconteceu com a minha filha?"

"Ela foi até a mercearia e desmaiou. A febre estava alta."

"Quem é você? Onde ela está?"

Julieta, que acompanhara Lucília da outra vez, interveio: "Ela é a dona da mercearia, mãe!"

A mulher soltou a porta, abrindo-a para Virgínia entrar. "Perdão, senhora. Entre, por favor."

"Lucília chegou à loja passando muito mal. Eu tinha separado os mantimentos para ela trazer, mas tive de chamar a ambulância. Ela foi para a Santa Casa."

Virgínia suspirou fundo, ainda que não se sentisse aliviada.

"Vim trazer a comida que vocês precisam. Ela disse que o pai está muito doente."

"Sim, é verdade", respondeu a mãe.

"Aqui está. Ah, essa é a bolsinha que ela deixou cair na mercearia."

"Agradeço muito a gentileza, senhora. O sacrifício de ter vindo até aqui. Não sei o que faria sem notícias de minha filha. Vou me arrumar para ir ao hospital. Por favor, aceite o dinheiro das compras."

"Obrigada, senhora. Vá, mas muita atenção. Há cadáveres largados por todo o caminho."

Virgínia disparou de volta à sua casa certa de que somente a guerra, ainda vívida na Europa, poderia se comparar ao flagelo que vira nas ruas naquela manhã.

★★★

Carta de demissão escrita. Eu a li. Reli em voz alta. Observei a gramática, a sintaxe e a pontuação. A aplicação de cada palavra. Estava à altura de quase trinta anos de trabalho. Li de novo. Tintim por tintim. Ajustei a voz. Mais uma vez.

Espiei fundo para ver se o remorso aparecia. Ruído algum. Tomara tivesse partido e jamais reencontrasse o caminho. Quando a noite surgiu, abri o aparador em que estavam os elepês de mamãe. Queria escolher um artista para celebrar a vitória sobre a minha teimosia, a coragem de que me imbuí para marcar a reunião com Fernando, a decisão, ainda que tardia, de não ignorar a jovem que fui e os princípios que tinha. Continuei mexendo nos discos. Não era hora de ouvir música. Dúvidas borbulhavam e eu não pretendia evitá-las. Estava entusiasmada. Com quem falar, onde e de que forma ajudar? Precisaria retomar os estudos. Aprendia rápido. Com o computador ligado, procurei lápis e papel. Preenchi várias páginas de um caderno em que costumava escrever recados para Lúcia. Listei projetos sociais, organizações de apoio, grupos de trabalho e assistência, debates, leis e políticas destinadas à defesa das mulheres.

Não vi as luzes da rua se acenderem. Esqueci de comer. Fui à cozinha e trouxe um copo e uma garrafa d'água para a sala. O anseio de ser outra me dava uma sede voraz. A água livraria minha alma da pele rachada, da aridez.

Por mais que quisesse me esconder, o mundo bateria à minha porta com suas exigências. Não havia como me furtar. Haveria o momento em que me mostrar seria a única opção. Melhor, portanto, abrir caminho na selva antes de me ver forçada a atravessá-la sob a escuridão, não só a que salta do espírito da noite, mas a que brinda com festa toda a ignorância.

Eu era livre e só. Isso era bom. Passava da hora de despertar para o que havia ao meu redor. Meu amor por mamãe se traduzia em todo o cuidado que dispensei a ela, cujo desgaste se manifestava em noites mal dormidas, enxaquecas, irritações de pele, inflamações variadas e humor oscilante. Eu perdera a paciência, a concentração. Pouco antes de sua morte, mesmo distante do trabalho, reconhecia que ultrapassara os limites sem me ater a um princípio elementar: em caso de acidente, primeiro coloque a máscara em si mesmo para, então, acudir o outro.

Alguns verbos desapareceram do meu vocabulário: gostar, querer, preferir, escolher. Eu não mais reconhecia a essência do desejo, não importava qual fosse a sua natureza. Ao olhar para trás, via uma mulher dissolvida no olho do furacão.

Naquela noite, na casa de mamãe, os espasmos da vida que eu vivera até pouco tempo atrás me espantaram. Não era temor ou ensaio para a desistência. Era a percepção da estatura do abandono a que me submeti e a compreensão sobre a realidade que me levara até ali. De repente, a alegria diante da potência em torno de um futuro renovado me comoveu.

Lágrimas mancharam minhas anotações. Tinha perdido a noção do tempo. Sentia fome. O cansaço, no entanto, me permitiu tão somente ferver a água para um chá. Precisava começar tudo de novo. Dar os primeiros passos sem considerá-los utópicos, que, decerto, não eram. Tomar tombos. Aprender a cair. Seguir adiante. A água ferveu. Peguei o sachê de limão com gengibre. Outra colher de mel. Tomei o chá devagar. Luzes apagadas. Subi as escadas em direção ao banho. O dia se alongara em emoções nada baratas. Era hora de dormir.

Sétimo dia

A voz eletrônica anunciava sete horas da manhã. Ignorei. Sete horas e cinco minutos. Os dedos cegos tateavam a mesa em busca do celular. O travesseiro sobre a cabeça. A música artificial. Continuei a procurar. O som parou. Sete horas e dez minutos. A luz da tela queimava meus olhos. Desliguei a sequência de alarmes. Último dia de licença pela morte de mamãe. Eu me debatia para não perder o sonho que me embalava e o vigor de sentidos que o envolviam. Davi e Pedro entravam no quarto do hospital. Traziam um buquê de rosas claras, quase brancas. Eu estava recostada na cama, inclinada a quarenta e cinco graus. Os cabelos compridos. Eles se aproximavam para beijar meu rosto quando a enfermeira dedilhou uma canção na porta e avisou que traria o bebê para ser amamentado. O encontro com meu filho morto era uma cena recorrente em meu imaginário. Eu a vivera em diferentes lugares e circunstâncias, com maior ou menor calma, com medo e angústia. Eu a experimentara com as pessoas que importavam: meus pais, Daniel, Chico, meus rapazes. Na rua, em meio ao desconhecido. Eu o perdia. Eu tinha a felicidade de protegê-lo. Podia agarrá-lo com força, confortando-o junto ao peito. Mas quase sempre um desfecho frustrante se impunha e aniquilava minhas chances inconscientes de vê-lo sobreviver. A gravidade da perda sugava-me a paz. Nesses dias, ao acordar, eu me apartava do mundo e a realidade, sob o peso da impotência que se abatia sobre mim, se tornava intransponível. Isso nunca deixaria de acontecer. Eu era mãe de três filhos, mas tinha a alegria de conhecer apenas dois.

Desisti do sonho. Levantei rápido e transpus as escadas, descalça. A fome da noite passada me dava bom-dia. Fiz o café. Quebrei ovos na frigideira quente, mexendo-os com pressa. No fundo do armário, uma xícara de porcelana com asa quebrada acenava para mim, tristonha. Coloquei a mesa. Dispus o farelo de duas torradas no prato com os ovos. Café com leite em uma xícara florida sem rachaduras. Flores variadas se dispersavam em toalhas, lençóis, louças pela casa de mamãe. A cada semana, a materialidade das pétalas desfilava pelo vaso da sala.

Eu precisava respirar. Levei a cadeira para o quintal. De olhos fechados, me concentrei para repetir a experiência do dia anterior. Um ciclone imagético se apossava de meus pensamentos enquanto eu buscava silenciá-lo. Procurei isolar os ruídos das casas vizinhas. Ouvi uma mãe chamar a filha para brincar. A criança respondeu alegre. Uma máquina de lavar roupas emitia roncos graves, ora extensos, ora mais curtos. O atrito de uma vassoura no chão. Aboli o motor da máquina de lavar. A criança cantarolava uma canção incompreensível. O roçar da vassoura se eximia de ter ritmo e melodia. A força do ciclone se dissolvia com vagar. A lista de obrigações corria atrás de brechas da minha atenção. Puxei o ar e soltei, por completo, até livrar meu pulmão de suas últimas partículas. Oito, nove, dez vezes. Olhos abertos. O quintal estava empoeirado. Devolvi a cadeira ao seu lugar. Lavei a louça, varri a cozinha e recolhi as folhas do quintal. A urgência corroeu meus sentidos. Davi e Pedro. Onde andariam meus filhos?

Não sabia com exatidão quando os tinha visto pela última vez antes do velório. Vivia um calendário duvidoso em que as obrigações com o trabalho e com mamãe se mesclaram por meses até as férias compulsórias romperem minha noção de tempo. Ela se transformara numa criança cujo domínio do corpo esmorecera enquanto os músculos se condensaram como pedras. O vigor se deteriorara. Tinha sido uma mulher esbelta, cultivava o prazer de longas caminhadas pelo bairro e passeios pela cidade. Não fosse a doença, mal teria sofrido com a velhice. No entanto, o efeito do cérebro aprisionado pela amnésia se desdobrava em atrofias não apenas mentais. Há muito, ela não compreendia o que lia, como se a culpa coubesse à visão e não às debilidades neurológicas. Temia a noite e sua escuridão. Nos últimos meses, deixara de andar, tinha dificuldade para engolir. Podia se tornar agressiva. Com o avanço da doença, desconfiava de todos e não se dirigia a ninguém. Alienada e distante.

A lida com o esquecimento, as infinitas repetições e a babel mental exauriam a mim e a Lúcia. A ausência que a habitava tornava os cuidados físicos não menos sofridos. Até o limite, ela cruzou as escadas, atravessando os poucos metros que separavam os quartos da sala, a cozinha, a frente de casa. Ali, acomodava-se para tomar sol, distraía-se com os passantes, os gatos e cachorros da rua, admirava as plantas e nos lançava em um turbilhão de perguntas sem nos dar oportunidade de responder. Não havia descanso. As mesmas perguntas eram feitas com pequenas modulações, com frequência permeadas pelo assombro, que revelavam o quanto impressões e fatos novos ou já dados não encontravam eco em sua mente. Ela perguntava coisas sem parar e, por vezes, bradava contra nossa suposta falta de atenção. Respostas dadas, segundos depois, ela já esquecia o que perguntara e o que dizíamos já não fazia sentido. Por horas longas, fatigantes, questões se amontoavam sem ela registrar o que queria saber.

Nós a acordávamos pela manhã. Sobre a bandeja, o café na cama. Um canudo de metal para sorver a bebida. Pequenos pedaços de pão, umedecidos com leite, oferecidos com parcimônia para ela não engasgar. À mão, sempre um copo d'água e um guardanapo de pano, limpo e bem passado, para acudi-la, se preciso fosse.

O sol se aprumava. Eu a levava para o banho e a despia. Zelava para que não caísse, tampouco fosse exposta às correntes de ar. No banheiro estreito, eu a segurava pelo quadril de modo a sustentar as pernas sem equilíbrio até sentá-la na cadeira hospitalar. Com a água de morna a quente, lavava o corpo, as partes íntimas, os cabelos brancos. Ela resistia em aceitar o inevitável, não importavam o amor e a paciência que eu lhe dedicasse. Eu a envolvia com uma toalha grande e com outra menor enxugava os cabelos. Um tapetinho macio protegia seus pés da friagem. Eu a secava e me empenhava para ignorar as reclamações e gestos, quase hostis, que tentavam debelar minha intenção de vestir-lhe as roupas e, sobretudo, as fraldas. De todas, talvez essas estivessem entre as principais afrontas à velhice. A dependência física, a perda de privacidade. Males de um impacto tal que nem mesmo mamãe, do alto de seu processo demencial, deixava de perceber e se insurgir.

Último mês e meio. Ela não saía mais do quarto. Os banhos de corpo inteiro foram rareando. Passei a limpá-la no leito. Tratei sua pele para evitar escaras. Procurei postergar a imobilidade, movimentando braços e pernas, mãos e pés, dedo a dedo, ombros, pescoço. Tudo lento e contínuo. Multipliquei os protetores ao redor da cama para evitar quedas.

Mantas para confortar. As horas dormidas avançaram sobre as que ela passava acordada. Comida e remédios, batimentos cardíacos, temperatura e pressão ordenavam meu tempo e guiavam minha atenção.

    Há uma semana, quando o sol se aproximava do meio-dia, eu trazia nas mãos a bandeja com jarra e copo para a água. Entrei no quarto e pousei a bandeja na cômoda. Sem me virar, perguntei a mamãe que disco gostaria de ouvir antes que eu trouxesse o almoço. A música permeava suas horas, ainda que não me indicasse qualquer preferência. Na cozinha, Lúcia preparava o creme de legumes com as variedades do dia. A carne pronta para ser cuidadosamente desfiada. Quando a vi, seu rosto esboçava um sorriso sereno. Os olhos fechados não guardavam quaisquer revelações, peso algum. Não haveria surpresa na cena diária não fosse o suor glacial a deslizar repentino por minha nuca. Mamãe? Minha voz irrompeu pela janela, dissipando-se no ar de um azul-celeste vibrante, salteado por nuvens de brancura absoluta. Beatriz? A voz de Lúcia não me alcançava. Precipitei-me sobre o corpo sequestrado pela única certeza do destino e a abracei.

    Meus meninos, onde andariam? Como se sentiriam naquela manhã? O que tinham vivido nos últimos meses, nos anos em que nos perdemos? Eu era livre e não queria ser só. Por vontade própria, mas alheia à minha percepção, permiti que se afastassem. Eu não os jogaria no meu poço de equívocos. Não exigiria deles compreensão, menos ainda conivência com minhas desculpas. Apenas um fato se impunha: eu os abandonara por covardia, jamais por desamor. Eu os amei desde o instante em que reconsiderei a possibilidade de ser mãe, quando admiti conceder a mim mesma uma fatia sutil de perdão. No entanto, passados os temores típicos da infância em que qualquer distração – uma tomada exposta, uma escada desprotegida, um produto de limpeza ao alcance da mão – pode colocar em risco os filhos, fui tomada de autocomiseração e inventei todas as armadilhas possíveis para me ver excluída da vida deles.

Agora, eu só queria começar de novo. Conhecer meus rapazes. Reconhecê-los. Revelar a mãe que eu gostaria de ser, descobrir que mãe eles desejariam que eu fosse. Não podia crer que tudo estivesse perdido, que o passado e seus descaminhos se mantivessem a postos para definir minhas atitudes e vontades. Há muito, eu tinha banido de minha vida o desejo, embora a fina flor dos antidepressivos colaborasse para amparar meu cotidiano e o árduo cumprimento de tarefas. Ali estava a síntese do meu eu, apartado de Chico e dos meus filhos. Mas se o casamento acabara, nem a morte poderia estancar a maternidade. Nela eu concentraria minhas forças. Bastaria um sinal, um simples aceno e eu estaria lá.

Quase hora de almoço. Fui até a sala à procura do celular. Começaria do princípio. Primeiro Davi e, então, Pedro. Tínhamos atravessado a adolescência, com os conflitos e o tédio que cabiam àquele momento. Mais tarde, ao decidirem viver com Chico, os rapazes me lançaram um alerta: meu desinteresse pela vida deles, independentemente de justificativas reais ou imaginárias, teria um preço a ser pago. Passei a desconhecer detalhes de seus dias. Em conversas eventuais, recebia respostas pouco ilustrativas a respeito do trabalho, faculdade, rotinas e necessidades. Eles aprenderam a viver sem mim. Melhor seria não pensar que estariam dispostos a me receber logo na primeira tentativa. Hesitei algumas vezes. Por fim, deixei uma mensagem para Davi.

"Oi, filho, posso te ligar? Saudades."

As configurações do aplicativo não me permitiam saber o momento em que ele a leria. Pensei em apagá-la. Esquecer. Deixei ficar.

Ele provavelmente me ignoraria. Talvez respondesse dali a três dias, uma semana. E continuaríamos a falar sobre a previsão do tempo, quando teríamos chuva e o quanto eu não sabia o que fazer depois da morte de mamãe. Decerto, estaria tudo bem e ele não precisaria de nada. Fim.

O celular apitou.

"Oi, mãe, te ligo em meia hora. Beijo."

A casa parecia pequena. Abri a porta e corri até o portão. A rua parecia palpitar em um mosaico de tempos e expectativas. As casas, acostumadas ao esquecimento, aguardavam o retorno das crianças da escola pública mais próxima, as mulheres mais velhas conversavam, trocando, quem sabe, as melhores receitas para relevar as dores que acometiam seus corpos, panelas de pressão apitavam para avisar que o feijão estava cozido. O bairro de minha infância experimentava o vigor de seu cotidiano modesto. Meu olhar se deteve sobre o tempo. Eu mirava o presente. Sobre ele eu haveria de me debruçar. De repente, a campainha do celular me fez emergir para o real.

"Davi, meu filho, como você está?"

"Oi, mãe. Tudo bem, e você?"

"Eu queria ver você e o seu irmão. Será que podíamos nos encontrar?"

"Agora estou no trabalho, mãe. Só se for no fim de semana."

"Será que nós poderíamos almoçar? Eu, você e o Pedro. Que tal sábado?"

Palavras banais bailavam trêmulas na minha voz.

"Não sei o que o Pedro tem para fazer. Por mim, tudo bem."

"Eu ligo para o seu irmão e te aviso."

Davi silenciou por instantes.

"Você está diferente, mãe."

"Sinto falta de vocês."

Davi me mandou um beijo. Uma nuvem pairou sobre nossa conversa aparentemente usual. As palavras pareciam plainar sob um código clandestino. Não lembrava a última vez que me ouvi dizer "sinto falta de vocês". Parecia uma frase alheia ao meu repertório afetivo, não porque não me valesse desse sentimento. Mas porque não me permitia vivê-lo. Preferia encarnar o papel de mulher ocupada com o trabalho e afogada em providências para a mãe doente a estar com meus rapazes. Jovens, críticos, eles poderiam colocar em xeque o que quer que eu dissesse. Tão logo adolesceram, eu os considerei capazes de cuidar de si. Não só me enganei quanto à maturidade precoce de ambos, como era de se esperar, como também abdiquei da tarefa de ser mãe a ponto de ignorar o que os cercava de mais profundo e banal. Chico se encarregara de tudo, quase sem cobranças. Eu me adaptei.

"Pedro, tudo bem?"

"Oi, mamãe, tudo bem. E você, ainda está na casa da vovó?"

"Sim, filho. Eu passei a semana aqui para cuidar das coisas dela."

"E deu certo?"

"Depende do que julgamos ser o certo. Eu devia ter

providenciado os papéis do inventário, trocado o nome da sua avó pelo meu nas contas de água, luz, telefone. Tinha de ir ao banco para fechar a conta dela, cancelar o plano de saúde e ver como vai ser o trabalho da Lúcia daqui para a frente. Mas, não fiz nada disso."

"E o que você fez?"

"Fiquei vendo fotos e cartas antigas escritas pela minha bisavó Virgínia e pela vó Cecília. Lembra? A avó e a mãe da sua vó Teresa. Pensando em como deve ter sido difícil a vida delas. Como conseguiram sobreviver. Lembrei da minha infância e do tempo em que eu era como você e o Davi agora: jovem, na faculdade. Quando conheci seu pai e vocês nasceram. Pensei em tudo o que aconteceu para eu chegar até aqui."

"E, agora, como você está?"

"Eu queria ver você e o seu irmão. Falei com o Davi. Perguntei se podíamos almoçar no sábado. Ele aceitou e me disse para falar com você. E, então, que tal?"

"Legal, mãe. Eu também queria te ver."

"Sinto muito a sua falta e do seu irmão. Será que dava para a gente começar de novo, filho?"

★★★

Em meados de novembro, a alegria se espalhou pela cidade. A Guerra, com os milhares de mortos que deixara, chegava ao fim. Virgínia atendia clientes às escondidas, de manhãzinha e ao anoitecer. Ao ouvir as batidas na porta, observava a calçada da janela do sobrado, cuidando para verificar se se tratava de gente de confiança. Não poderia se dar ao luxo de sofrer um assalto ou qualquer tipo de ataque.

Reconhecido o freguês, ela se aproximava da entrada para saber o que desejava. Com os pedidos anotados ou de posse de uma lista entregue por baixo da porta, separava as mercadorias. Instantes depois, recebia o valor devido e entregava as sacolas pela fenda mal aberta que separava a casa do exterior.

Da mesma janela, acompanhava o movimento das carroças da polícia sanitária nas imediações, servindo-se da vista privilegiada da esquina dupla em que se situava o sobrado. O cartaz acusando a gripe permanecia em sua porta e denunciava a presença do mal em muitas outras moradias. A penúria disseminada pela doença evitava que tanto Virgínia quanto quem batesse à sua porta fossem denunciados à polícia.

No início de dezembro, quando as mortes começaram a diminuir, a falta de suprimentos se acentuou. Decreto algum anunciava o fim do confinamento e a volta à vida normal. Desde que Antonio falecera, os estoques da loja não tinham sido repostos, o que deveria ser feito o quanto antes. Virgínia mantinha o controle do dinheiro que entrava e das vendas realizadas. Depois de muito procurar, encontrara um caderno com notas sobre o movimento da loja, registrado por Antonio. O controle semanal permitia ao marido observar as variações dos preços para compra e venda dos produtos. A margem de lucro era pequena. Antonio preferia manter os preços baixos e ter uma clientela fiel a arriscar perdê-la para ganhar mais. De posse do caderno, Virgínia pôde atentar para o que ainda havia a ser pago. Os grãos, por exemplo. Feijão, arroz, milho tinham um único fornecedor. Já o café vinha de outro. Antonio comprava ovos e temperos de um terceiro, enquanto vassouras, colheres de pau e produtos de limpeza eram trazidos por uma quarta pessoa. De acordo com as anotações, o marido tinha de pagar, ao menos, o primeiro e o segundo fornecedores, de quem comprava quantidades significativas de alimentos de primeira necessidade.

Com os cálculos feitos, Virgínia separara dinheiro para o café, mas teria de negociar a liquidação do valor dos grãos. Teria de fazer o mesmo com o aluguel, cuja verba havia desaparecido com o montante destinado aos gastos cotidianos.

O calor do verão assolava os dias derradeiros de primavera, pousando sem leveza sobre o coração apreensivo de Virgínia. Ela temia não poder contar com a compreensão alheia na hora de justificar a falta de pagamentos. Tão logo a cidade fosse liberada, iria à polícia, mesmo sem a certeza de quanto dinheiro tinha sido roubado, mas com uma estimativa que fizera a partir do caderno de anotações de Antonio.

Sua dúvida, entretanto, concentrava-se em uma única questão: onde estaria a escritura de compra da mercearia? Sem esse documento, não haveria como provar que ela se tornara a dona do comércio desde a morte do marido.

Dias mais tarde, o fim da quarentena trouxe as pessoas de volta às ruas. Não só as igrejas e negócios de todo tipo, como também cinemas e teatros foram reabertos. Muitos homens, a serviço do governo, limpavam os passeios buscando apagar as memórias dolorosas da enfermidade. Assim como para Virgínia, a alegria de muitos se misturava ao luto pela perda de pessoas queridas. Apesar da inquietação com o futuro, ela festejou com as crianças e Isabel a esperança de dias melhores. Desejava poder, em breve, visitar a mãe e o irmão, Elisa e Lucília. Assim que possível, falaria com Mariano, Adelaide e Amaro.

Isabel dividia com Virgínia a atenção com as crianças e o trabalho na mercearia em nome da amizade que nutriam e também pela possibilidade de levar mantimentos para casa. Tinham a expectativa de trabalhar e ganhar o sustento contando com o amparo mútuo tão logo os problemas fossem resolvidos.

Certa tarde, ao anoitecer, Virgínia cuidava de guardar os produtos em seus lugares para varrer o chão e fechar a mercearia quando Amaro surgiu.

"Boa tarde, cunhada! Fico feliz em vê-la com saúde e vontade de trabalhar!"

Surpresa e temendo demonstrar medo, ela respondeu:

"Como vai, Amaro? Você parece muito bem. Como estão Mariano e Adelaide? Outro dia, pensei em mandar um garoto saber de vocês, mas tinha tanto trabalho na loja e em casa que não consegui."

Virgínia caminhou até a entrada da loja para baixar a primeira das duas portas de ferro.

"Precisa de ajuda, cunhada?", disse Amaro, aproximando-se de Virgínia como se quisesse tocá-la por trás.

Ela se virou rapidamente, dando um passo adiante para enfrentá-lo.

"Não precisa ficar nervosa. Eu só queria colaborar."

"Não preciso da sua colaboração, Amaro."

"Já está tarde. Tenho certeza de que seria melhor você fechar a loja para conversarmos com mais tranquilidade."

Virgínia apoiava o corpo no cabo da vassoura, esforçando-se para disfarçar o pânico.

"Não tenho nada para falar com você de portas fechadas."

Amaro aproximou-se da engrenagem que segurava a porta de ferro, soltando-a com força de uma vez. O estrondo da batida fez Virgínia se descontrolar, deixando a vassoura cair no chão.

"Por favor, vá embora, Amaro. Caso contrário, eu vou ter de chamar alguém."

"Que é isso, cunhada? Chamar quem? Algum moleque da rua ou aquela gracinha que você usa como empregada?"

"Saia, Amaro, saia", gritou Virgínia.

O homem se dirigiu à rua e disse:

"Não se preocupe. Assim que você se acalmar, eu volto."

A falta de escrúpulos de Amaro não era novidade. Ela só não poderia imaginar até onde iria.

Ao chegar em casa, ela foi direto ao quarto. Porta fechada. José, Marília, João e Isabel se entreolharam, suspeitando do comportamento esquivo da viúva. Isabel serviria o jantar das crianças para, em seguida, ir embora. Em vez disso, decidiu falar com Virgínia.

"O que aconteceu?", perguntou do lado de fora do cômodo trancado.

A mulher não respondeu.

"Virgínia? Posso entrar?"

"Por favor, Isabel. Me deixe sozinha um instante."

A voz soava áspera como Isabel jamais vira. Aborrecida, a jovem retornou à cozinha. Levou os pratos das crianças para a pia, lavou-os.

"José, eu preciso ir. Acho que sua mãe não está se sentindo bem. Depois, pergunte se ela quer comer alguma coisa. Suas irmãzinhas estão dormindo. Quando acordarem, avise sua mãe."

Despediu-se com um beijo em cada um.

"Até amanhã."

Sem ter dormido, Virgínia cumpriu as tarefas matinais antes de abrir a mercearia. Às oito, Isabel chegou.

"Bom dia, Virgínia."

"Bom dia, Isabel", respondeu sem dirigir o olhar à amiga.

Por três vezes, Virgínia perguntou ao mesmo cliente quais eram os produtos que desejava, demonstrando não ter retido nada do que ele pedira. Anunciou o preço da farinha ao ser perguntada sobre o feijão. Esqueceu-se de anotar na caderneta o que vendia e por quanto.

Isabel a observava preocupada. Perceptivelmente ausente, Virgínia mexia nos potes de alimentos e nas prateleiras de produtos, tirava e punha as coisas no lugar sem uma lógica plausível. Assustava-se a cada novo cliente que chegava. Às doze horas, baixou as portas e pendurou a placa do horário de almoço. Ela seguia para a escada, Isabel perguntou:

"O que está acontecendo, Virgínia? Nunca vi você assim."

"Nada. Está tudo bem."

"Não, Virgínia. Eu e você sabemos que não está."

"Estou com muita dor de cabeça, Isabel. É só isso. Vamos almoçar."

Isabel acompanhou a dona da casa até a parte superior do sobrado.

"Vou pegar um remédio para você."

"Não, não precisa. Vamos almoçar. Você pode me ajudar com as crianças, por favor?"

Isabel não respondeu à pergunta desnecessária. Tinha com os filhos de Virgínia uma relação de amor e confiança, como se fizessem parte de uma mesma família.

A mãe se trancou mais uma vez no quarto enquanto Isabel e os filhos comiam. No horário previsto, desceu para trabalhar, rejeitando o almoço.

Ao anoitecer, Isabel anunciou que iria fazer o jantar.

"Por favor, Isabel, espere para fecharmos a loja."

"Mas o jantar vai atrasar."

"Não tem problema. Só uns minutos a mais."

Ao baixar a última porta, Virgínia suspirou aliviada enquanto Isabel surpreendia as lágrimas em seu rosto. Isabel a abraçou.

"Você precisa me dizer o que está havendo!"

"Amaro. Ontem, ele me ameaçou."

Amanheceu. A tensão pairava sobre a mercearia. Sem saber o que movia o irmão caçula de Antonio, as mulheres atravessaram as horas empenhando-se para se concentrar no trabalho. Mas não perdiam de vista a atitude obscura de Amaro. O que significava? Para Virgínia, o mau-caratismo do cunhado extrapolava todos os limites. Tamanho desrespeito devotado ao irmão morto, à sua família, era inconcebível para ela. Do que ele tinha medo? De que ela descobrisse o roubo e o acusasse? Que cobrasse os inúmeros empréstimos que ele fizera com Antonio sem jamais devolver o dinheiro? O que mais poderia haver para que Amaro ameaçasse o corpo da viúva de seu irmão?

Graças a Tião, ela encontrara o vendedor de café e o de grãos. Pagou o que devia ao primeiro, negociou com o segundo, desdobrando-se em justificativas e condições, aceitas com custo pelo credor. Naquele momento, dispunha apenas de um terço do valor do aluguel para viver.

Em uma manhã de quarta-feira, deixou Isabel na mercearia. Chamou Tião para ajudar. Ao menos por hora, pagaria a ambos com alimentos. Pegou o bonde até o Valongo, onde procuraria o armazém de Luiz, sobrinho de seu Joaquim, dono da parte de cima do sobrado, com quem pretendia acertar novas condições de pagamento do aluguel.

Quando chegou, o rapaz estava à frente do balcão aguardando o próximo freguês. Ao ver Virgínia, cumprimentou-a:

"Dona Virgínia, como vai? Espero que a senhora esteja se recuperando! Tenho certeza de que, com a mudança, as coisas vão melhorar!"

"Bom dia, Luiz, desculpe. Não estou entendendo. De que mudança você está falando?"

"Conversei com Amaro. Está tudo certo. Ele contou o quanto gostaria que a senhora ficasse na casa, mas que estava decidida."

Virgínia sentiu a vertigem se apropriar de seu corpo, o ambiente escurecer.

"Por favor, Luiz, preciso de um copo d'água."

"Claro, dona Virgínia. Um minuto, vou pegar."

Com o copo em mãos, ela perguntou:

"Você pode me explicar o que Amaro andou dizendo?"

"Antonio era um homem bom. Meu tio gostava muito dele. No começo de dezembro, pouco antes da gripe acabar, Amaro esteve aqui. Disse que, com a morte do seu marido, a senhora queria mudar de vida. Mas, com a quarentena, estava presa em casa com as crianças. Estava muito preocupado com a senhora, a sua família, o aluguel da casa. Falou que a senhora não ia poder manter o contrato."

Não bastava a morte de Antonio, a epidemia, o sumiço do dinheiro? O que mais poderia acontecer? O que mais faltava? Se Virgínia julgava Mariano um tolo, desde o início nunca pôde confiar em Amaro. Motivo aparente não havia além de sua intuição rejeitando, com vigor, aquela presença. Preferiu silenciar a discutir com o marido sobre o cunhado. Não queria demonstrar implicância infundada. O tempo comprovou que, embora Antonio evitasse comentários, em nada concordava com o comportamento de Amaro, que tinha o hábito de tomá-lo como fiador de seus negócios mal explicados. Em um acordo tácito, Antonio se responsabilizava por cobrir dívidas e apaziguar os humores alheios. Mas, infelizmente, não conseguia dizer não ao caçula.

"Ele acertou o pagamento dos três últimos meses e me ofereceu um dinheiro de adiantamento para comprar o imóvel. Lembro que Antonio queria ficar com a casa e a mercearia juntas, não é? Amaro disse que como não pôde fazer a senhora mudar de ideia, ao menos deseja continuar o trabalho do irmão na venda e ficar com a casa. Estava tudo certo com os papéis. Por isso, assinamos, ontem de manhã, o contrato de venda da casa para ele."

Virgínia apoiou-se no balcão e começou a vomitar em meio ao armazém. Luiz apressou-se para não deixá-la cair. A mulher de Antonio estava pálida e suava frio. O pulso acelerado. As pernas bambas. No chão, a pequena bolsa de couro, gasta, se abriu, deixando ver as poucas notas de dinheiro que a viúva pretendia entregar ao sobrinho de seu Joaquim. O rapaz a arrastou para sentar-se atrás do balcão. Ele a abanava com as mãos. Quando voltou a si, minutos depois, Luiz pôde ver sua face transtornada pela angústia.

"O que aconteceu, dona Virgínia?"

"Amaro não presta. Nunca prestou. Eu sempre avisei Antonio."

Um mau pressentimento começava a tomar conta de Luiz. Teria sido enganado? Mas como, se tinha recebido o dinheiro em mãos?

"Quantas vezes ele pediu dinheiro a Antonio e nunca devolveu! Ele roubou nossas economias na noite do velório. Como pode ficar com a casa? E a mercearia? A mercearia está no nome de Antonio. Deveria ficar comigo. Mas o contrato de compra desapareceu, assim como o contrato de aluguel."

"Dona Virgínia, eu só concordei com a venda da casa porque Amaro me mostrou a escritura da mercearia em nome dele. Por isso, fiquei tranquilo. Achei que Antonio tivesse vendido a loja para o irmão. Não podia imaginar que a senhora não soubesse."

Virgínia caminhava sem enxergar nada. As pessoas começavam a se reapropriar do espaço depois de quase três meses de flagelo. Como seria voltar à normalidade após assistir ao sofrimento de tanta gente? Ela costumava ouvir Antonio dizer que o irmão almoçava em um restaurante português, no centro da cidade. Após descer do bonde, andou por entre as ruas em busca de lugares onde poderia encontrar o cunhado. De repente, teve a sorte de vê-lo na porta de um boteco.

"Amaro!"

Ele se virou para a mulher.

"Cunhada! Como vai? O que a traz aqui a essa hora?", respondeu com cinismo.

"Seu canalha, ladrão! Como você pôde? Você é um traidor! Um traidor!", dizia a mulher, fechando os punhos para socar o peito do golpista.

Amaro virou-se para cima dela, jogando-a contra a parede.

"Quem você pensa que é para falar assim comigo?"

"Ladrão, ladrão! É isso o que você é!"

"O que você quer, Virgínia?"

"Onde está o dinheiro e a escritura da mercearia?"

"Não há dinheiro nem escritura, cunhada! Agora é tudo meu. Não há o que discutir. Mas se você quiser, podemos acertar as coisas de uma forma mais interessante para nós dois!"

Ele prensava seu corpo sobre o dela. Sem deixá-la escapar, tentou beijar seus lábios à força. Ela se debateu ainda mais.

"Me solte! Socorro!"

"Tudo pode ficar bem. Você se casa comigo e não terá problema nenhum. Eu me mudo para o sobrado o quanto antes e vou exigir tratamento especial na nossa noite de núpcias!"

Com a força nascida de um nojo sem perdão, Virgínia empurrou Amaro para trás e fugiu pela rua, devastada.

"Prefiro morrer a me casar com você!", gritou já distante.

"Você se casa comigo ou tem até o Natal para sair da casa! Nem um dia a mais!", disse Amaro, gargalhando.

Isabel, Ernesto e dona Catarina fizeram de tudo para levar Virgínia à delegacia. Ernesto a acompanharia. Tomaria como prova de ameaça o bilhete de Amaro, entregue à irmã por um garoto de recados, segundo o qual a escritura da venda da casa fora lavrada em nome dele e, portanto, a casa deveria ser desocupada até 24 de dezembro.

O dinheiro estava próximo do fim. Isabel trabalhava na mercearia. Virgínia, desesperançada, caíra de cama. Dona Catarina cuidava da casa e dos netos. Três dias antes da véspera de Natal, a viúva de Antonio chamou a mãe, o irmão e a amiga.

"Eu vou embora."

"Embora para onde, filha? Com o quê?"

"E as crianças? São tão pequenas. O que você vai fazer?"

"Temos de ir à delegacia, minha irmã! Temos de fazer uma denúncia já."

"Eu não posso mais. Me sinto ameaçada nesta casa. Fico aterrorizada de imaginar Amaro entrando aqui e ferindo os meus filhos e a mim. Não consigo entender de onde vem o ódio dele por Antonio. Só pode ser isso. Ódio! Só a ira pode justificar o que ele está fazendo. Quantas vezes Antonio o ajudou? Quantas?"

"Precisamos ir à polícia!", insistiu Ernesto.

"Eu não vou. Preciso partir."

"Venha conosco para casa, filha. Vou começar a arrumar suas coisas. Mas, infelizmente, não poderemos acomodar tudo lá. Nossa casa é muito pequena, você sabe."

"Tem certeza disso, Virgínia? Vocês se esforçaram tanto esses anos todos."

"Sim, Isabel. Tenho."

Virgínia dividiu móveis e objetos entre as casas da mãe e de Isabel. Juntou um pouco de dinheiro com a venda das roupas de Antonio, da cômoda das crianças e das duas poltronas da sala. Na mercearia, Isabel baixou os preços de todos os alimentos e produtos. Pretendiam vender o máximo possível e dividir entre si o que, eventualmente, restasse. Não havia tempo hábil para se desfazer do caixa, de potes e medidores, da balança e das prateleiras. Seria obrigada a deixar para Amaro tudo o que não conseguisse tirar dali.

Véspera de Natal, manhã. Apesar da excelente data para as compras, a mercearia permaneceu fechada. Dona Catarina e Ernesto aguardavam Virgínia do lado de fora do sobrado, junto a Isabel e às crianças.

Antes de deixar a casa, Virgínia revisitou os cômodos, a cozinha. Observou a sala livre da vida que abrigara nos últimos oito anos. Ela aprendera a amar Antonio com mansidão. Reviu o nascimento dos filhos. Sabia ter tido a chance de ser feliz sem se corroer de ambições. Construíra uma história com o marido. Com essa memória, partiria.

Abriu a porta da sala e vislumbrou a escadaria. Desceria os degraus pela última vez, encaminhando-se para o vestíbulo de entrada. A opacidade dos ladrilhos coloridos recendia sob o sol que entrava pela porta aberta da rua. Atravessou a divisória entre a casa e a mercearia. Tudo o que fora possível tinha sido retirado dali. Mesmo assim, Amaro teria em mãos uma loja pronta para funcionar. Sua perversidade arrancava de Virgínia as forças mais íntimas, preservadas a tanto custo, desde a morte do marido.

"Virgínia?", chamou Isabel. "A primeira charrete saiu com Ernesto e as coisas que restaram. A outra, com dona Catarina e as crianças, está esperando por você."

"Obrigada por tudo, Isabel, minha amiga, minha irmã."

Um desconsolo fundo regou com lágrimas aquele abraço. A charrete se foi.

Santos, 1919. Ao longo de quase um mês, desde a expulsão da família do sobrado, Isabel e Ernesto se esforçaram para vender o máximo possível de roupas, brinquedos, objetos e móveis de Virgínia, Antonio e das crianças. Com o pouco dinheiro reunido, ela tomara a decisão.

Na última segunda-feira de janeiro, Laura estava no colo da mãe. De mãos dadas, João ancorava os passos da pequena Cecília. Marília e José os seguiam. Atrás deles, um velho carregador levava as duas malas da família para a plataforma de embarque. O trem das nove e quarenta acabara de che-

gar. Ernesto colocou as bagagens no vagão. Isabel ajudou as crianças a entrarem no veículo. Dona Catarina não se continha. Segurou o rosto da filha, os olhos em carne viva:
"Fique conosco, querida. A vida na cidade grande é cruel."
Virgínia não tinha mais nada a dizer. Beijou o rosto da mãe secando suas lágrimas com os lábios. Pediu sua benção e a abraçou. Despediu-se de Ernesto e de Isabel. O apito ecoou na plataforma vazia. O trem para São Paulo ia partir.

★★★

Atravessei o dia imaginando como seria o encontro com os meninos. Ansiedade e receio mesclavam-se. Junto a eles, uma profusão de sentimentos, desejos, lembranças. A condição que impus a Chico: só casaria se não tivéssemos filhos. O nascimento de cada um. As estripulias da infância, quando eu ainda estava perto deles. As transformações que vivemos, eles e eu, durante a adolescência, quando me afastei. A tristeza no dia em que partiram. O autoengano que assumi, como se não tivesse participação naquela decisão.

Pensei, mas desisti de traçar roteiros para o que seria, sem dúvida, uma das principais conversas que já tive. Perdão. Era só o que eu pediria. Era só o que eu almejava. Que eles conhecessem e pudessem compreender minhas fraquezas. O dia em que o doutor Henrique assinou o diagnóstico de depressão, que ainda cerceava meus dias. Não queria mais esconder. Para mim, cabia a eles o direito de saber que não eram meus únicos filhos. Que um dia existiu um bebê cuja vida se perdeu em razão da minha covardia e da minha solidão. E que, pelo impacto dessa perda, a indignidade me afligia, impedindo de me assumir como a mãe verdadeira que eu queria ser e que eles mereciam. E, mesmo assim, com todas as ilusões, passadas e presentes, todas as incertezas futuras, eu os amava mais que tudo.

No próximo sábado, eu pediria a palavra e, sem nada exigir, teria a coragem de conquistar a atenção deles. Teriam paciência? De minha parte, eu estaria pronta para ouvir meus filhos, suas dores e segredos, suas alegrias e o que de mais importante cercava suas vidas. Que eles escolhessem o que revelar e acreditassem que eu não mais me furtaria a estar ao lado deles. Que não seria eu, mais uma vez, a vigarista a abandoná-los por não conseguir enfrentar os próprios fantasmas. Eu só precisava de uma chance para agarrar com força e não largar jamais.

No fim da tarde, decidi guardar fotografias, cartas e bilhetes deixados sobre a mesa em suas respectivas caixas. Separados em diferentes blocos, eu os recolhi, fechando-os nas três pequenas urnas que os protegiam. Passei um pano para retirar o pó da mesa de jantar, sobre a qual estendi um caminho e, sobre ele, o vaso de flores vazio. Juntei as caixas de lembranças da vó Cecília e levei-as para o quarto de mamãe, colocando-as sobre a cômoda. Fechei a janela ao notar as luzes da rua se acenderem. Fui até o meu quarto. Sentei-me na cama, de onde podia ver a lua minguante despontar na escuridão. Percebi que não tinha roupas adequadas para ir ao escritório na manhã seguinte. Tinha a sensação de estar tão distante que já não contava com o fato de ter de apresentar a Fernando minha demissão. Antecipava o futuro próximo em que, com sorte, me dedicaria aos meus filhos e às mulheres que me comprometeria a ajudar.

Mamãe me fazia falta. No entanto, a ruptura afetiva que a demência nos impôs, relegando-me tão somente o seu corpo em vez de seu carinho e companhia, tornou-se, com o tempo, uma forma de apaziguar a dor. Fui aprendendo a perdê-la aos poucos, dia a dia, gota a gota. No fim, ainda acreditava em algum tipo de interlocução, afinal, mesmo privada da capacidade de compreender e se comunicar, ela precisava confiar em alguém. Em mim. Não importava o quão real isso pudesse ser. O quanto era pura invenção. Tratava-se do que restou do nosso amor e do que o fortalecia. Às vezes, eu mirava os seus olhos vazios e captava neles o desejo fugidio de apreender o que acontecia. Eu já não podia explicar sem incorrer na dor implícita à consciência da doença. Uma vilania que transformava o ser em um corpo sem alma, um nada.

Decidi voltar para minha casa. Lá, eu poderia me preparar melhor para a manhã de sexta-feira. Na bolsa, levaria apenas o essencial e a carta de demissão. Fechei janelas e portas, apaguei as luzes da casa de mamãe, liguei o carro e saí. Estranhei o *rush* das primeiras horas da noite. Experimentá-lo todos os dias, como fizera por tantos anos, deixou de ser uma realidade. Após sete dias, eu poderia zarpar em viagem. A Beatriz de uma semana atrás já não existia. Não sei se ela havia partido com mamãe ou se transmutara sob a égide das visitas que fizera a seus múltiplos passados.

Caminharia por etapas. Primeiro, o trabalho. Em seguida, meus meninos. Por fim, haveria o domingo, o primeiro de tantos anos livre de obrigações. Ainda não sabia onde ficaria, se em minha casa ou na casa de mamãe. A meteorologia indicava um fim de semana de sol e calor, com temperaturas amenas em ascensão. Qual tinha sido o último filme que eu vira? Por instantes, recordei a atmosfera escura das salas de cinema em contraste com as tardes de primavera. O que estaria em cartaz no Belas Artes, às seis da tarde? Não importava. No próximo domingo, eu desceria do metrô na avenida Paulista e seguiria rumo à esquina da Consolação. Quem sabe convidasse Chico para me fazer companhia.

/

Cristianne Lameirinha é formada em História, mestre e doutora em Letras-Literatura Francesa pela USP, com estudos sobre o exílio nas obras de Albert Camus e da escritora argelina Assia Djebar. Fez o curso de Formação de Escritores do Instituto Vera Cruz. Trabalha no Sesc São Paulo há 25 anos e, como editora de Ciências Humanas nas Edições Sesc, integra desde 2014 a equipe de curadores da programação da editora na Flip (Festa Literária Internacional de Paraty) e na Bienal Internacional do Livro de São Paulo. É contra todas as formas de fascismo, racismo e misoginia, a favor da descriminalização do aborto e pela vigência plena do Estado Democrático de Direito sempre.

© Cristianne Lameirinha, 2022
© Editora Quelônio, 2022

Edição Bruno Zeni
Capa, projeto gráfico e ilustração Sílvia Nastari
Preparação de texto Cláudia Ribeiro Mesquita
Revisão Carmen T. S. Costa

Dados Internacionais de Catalogação na Publicação (CIP)
(Laura Emilia da Silva Siqueira CRB 8-8127)

Lameirinha, Cristianne.
  A tessitura da perda / Cristianne Lameirinha; capa, projeto gráfico e ilustração, Sílvia Nastari. 1ª ed. – São Paulo: Editora Quelônio: 2022. (Coleção Valsa de Esquina, 16).
  216 p.; 14 x 21,5 cm.

  ISBN 978-65-87790-40-4

  1. Ficção: Literatura brasileira 2. Literatura brasileira: romance I. Lameirinha, Cristianne. II. Nastari, Sílvia.

13-202212   CDD 869.93

Índices para catálogo sistemático:
1. Ficção: Literatura brasileira
2. Literatura brasileira: romance
869.93

Editora Quelônio
Rua Venâncio Aires, 1072
Vila Pompeia
05024-030
São Paulo - SP
www.quelonio.com.br

VALSA
de esquina

Coleção de literatura
brasileira contemporânea

VALSA
de esquina

/

A literatura atual desconhece limites de gênero, estilo ou tema: o romance se fragmenta, o conto e a crônica se enlaçam, indistintos, a ficção está permeada de memorialismo e fantasmagoria, a poesia deriva para o prosaico – ou retoma, ora sarcástica, ora elevada, o rigor formal. Nessa contradança contemporânea, a narrativa, a lírica, a crônica e a memória se atracam, furtivamente, em uma valsa desencontrada.

A coleção Valsa de Esquina toma emprestado o título de um conto de Dalton Trevisan, incluído em *Novelas nada exemplares*, primeiro livro do autor. Também presta homenagem às "Valsas de esquina" compostas para o piano por Francisco Mignone.

Fontes Neue Haas Unica Pro e Bembo
Impressão Nossa impressão
Tiragem 500 exemplares

Coleção Valsa de Esquina, volume 16
São Paulo, novembro de 2022